Allitera Verlag

edition monacensia
Herausgeber: Monacensia
Literaturarchiv und Bibliothek
Dr. Elisabeth Tworek

Alle bisher von Oskar Maria Graf in der *edition monacensia*
erschienenen Bände:

»Die Chronik von Flechting« (2009)
»Gelächter von außen« (2009)
»Zur freundlichen Erinnerung« (2009)
»Bayerisches Lesebücherl« (2009)
»Wunderbare Menschen« (2010)
»Finsternis« (2010)
»Notizbuch des Provinzschriftstellers Oskar Maria Graf 1932« (2011)
»Dorfbanditen« (2011)
»Der harte Handel« (2012)
»Im Winkel des Lebens« (2013)
»Einer gegen alle« (2014)

Oskar Maria Graf

Wunderbare Menschen

Heitere Chronik einer Arbeiterbühne
nebst meinen drolligen und traurigen
Erlebnissen dortselbst

Text der Erstausgabe von 1927

Mit einer »Erklärung« Oskar Maria Grafs
und einem Nachwort von Ulrich Dittmann

Münchner Stadtbibliothek
Monacensia
Literaturarchiv und Bibliothek

Weitere Informationen über den Verlag und sein Programm unter:
www.allitera.de

November 2010
Allitera Verlag
Ein Verlag der Buch&media GmbH, München
Copyright © Ullstein Buchverlage GmbH, Berlin
1927 erschienen im Verlag J. Engelhorns Nachf. Stuttgart
© 2010 für diese Ausgabe: Landeshauptstadt München/Kulturreferat
Münchner Stadtbibliothek
Monacensia Literaturarchiv und Bibliothek
Leitung: Dr. Elisabeth Tworek
und Buch&media GmbH, München
Umschlaggestaltung: Kay Fretwurst, Freienbrink
unter Verwendung einer Gouache von Marianne von Werefkin, 1907
Herstellung: Books on Demand GmbH, Norderstedt
Printed in Germany · ISBN 978-3-86906-009-5

Dem standhaften Kampfgenossen, meinem Freund

Lorenz Ehrhart

Packträger im Münchner Hauptbahnhof

in alter Anhänglichkeit gewidmet

Inhalt

Genossen! 9
Unverhofft kommt oft 11
Anfang gut – alles gut 19
Die verführerische Wurst 25
Ich muß das Volk bereden 32
Kleine Gewitter 38
Fröhlich ist der Dichtersmann 48
Weiter in dieser Tonart 57
Schauspieler, Lausbuben und Menschen ... 63
Theater 73
Buntes Allerlei 83
Es schwankt 90
Preisend mit viel schönen Reden 98
Das Fest und noch allerhand 106
Leider! – Und ein Rückblick 112

Anhang:
Oskar Maria Grafs »Erklärung« 121
Nachwort 131

Genossen!

Ich beginne dieses Buch genau so, wie wir damals im Jahre 1920, an jedem Abend unsere Theatervorstellungen begonnen haben. Ich leite dieses heiter-traurige Stück Leben ein wie ehemals die vielen Lust- und Schauspiele, die unsere »Neue Bühne« aufgeführt hat. Nur versuche ich – unter uns gesagt – diesmal deutlich zu sagen, aus welchem Grund und zu welchem Zweck ich diese Erinnerungen festgehalten habe und Euch zum Besten geben will.

Noch einmal wollte ich alles im Kleinen und im Großen gegenwärtig machen, was uns damals so eng zusammenschloß, noch einmal grüße ich Euch aus diesen Berichten, Ihr guten Kämpfer in einer kleinen Sache um eine gemeinsame große Idee!

Es hat mir nicht daran gelegen, ein schönes Buch mit wohlgeordneten, feingedrechselten Sätzen abzufassen, viel weniger noch lag mir daran, die Menschen – Euch also – romanhaft als Helden zu zeichnen. Ich hab's gemacht wie an Biertischen, an denen man auch nicht herumredet und einander falsche Schmeicheleien sagt, sondern wo ein männliches Wort und gewogene Ehrlichkeit was gelten. Daß etwas Unterhaltsames aus dem Ganzen geworden ist, dafür kann der Stoff etwas, nicht ich.

Ich wollte nur eins mit diesen Erinnerungen: Ein Beispiel Eurer unvergessenen Bemühungen für die Arbeiter überhaupt. Ich wollte in unserem Ton dem Berliner, dem Moskauer, dem schweizer, dem englischen und sonstig auf der Welt lebenden Genossen etwas von unseren Kämpfen erzählen. Vielleicht habe ich ihn ein wenig belehrt und ermuntert im Ansturm gegen jene Mächte, die »uns umlagern, schwarz und dicht«.

München / Ende März 1927
Oskar Maria Graf

Unverhofft kommt oft ...

Anfang 1920 ging es mir in zweifacher Hinsicht ziemlich schlecht. Erstens sah ich wieder einmal ein, daß man sich mit der Schriftstellerei nicht einmal kümmerlich fortbringen konnte, und suchte schon längere Zeit vergebens, eine andere Arbeit aufzutreiben; zweitens wußte ich jetzt erst – nachdem die Revolution und die beiden Münchner Räterepubliken durch eine wildgewordene Soldateska aus der Welt geschafft waren – wohin ich gehörte und was ich ungefähr wollte.

Von Jugend auf hatte ich den Aufstand, die Rebellion und alles Umstürzlerische sozusagen romantisch geliebt. Vielleicht waren daran die vielen Indianergeschichten schuld, die stets vom Kampf der unterdrückten Rothäute gegen die frechen, weißen Eindringlinge handelten. Außerdem hatten wir zu Hause eine Anzahl geschichtlicher Werke, aus denen ich von den Männern und Vorgängen während der französischen Revolution erfuhr, und dann gab es zu damaliger Zeit eine buntillustrierte Wochenschrift »Nimm mich mit«, in welcher lange, ausführliche Schilderungen aus der eben aufflammenden russischen 1905er Revolution zu lesen waren. Das alles zog mich ungemein an. Im Grunde genommen nämlich waren für mich die Indianer, die Jakobiner und Bastillenstürmer, wie auch die Massen, die, geführt vom Popen Gapon, zum Zaren ziehen wollten, ein und dasselbe, und es läßt sich denken, was für verehrungswürdige Leute für mich erst die Häuptlinge der Rothäute, die Mirabeau, Robespierre, Danton, Marat und Desmoulins und jener russische Pope waren. Ich entsinne mich deutlich, daß ich zu jener Zeit, sobald ich allein war, stets mit größtem Pathos »Freiheit oder Tod!« vor mich hinrief und die seltsamsten Armbewegungen machte, als stünde ich mit der Fahne auf einer bedrohten Barrikade und würde die verzagenden Kämpfer immer wieder aufs neue entflammen. Dazumal war es mir auch zuwider, daß ich noch ein Schulbub' war, und ich hatte keinen sehnlicheren Wunsch, als möglichst bald ein Mann zu sein. Ich war voll Haß gegen

Ältere, die Sonntags in den Wirtshäusern saßen, redeten und tranken, beim Veteranen- und Kriegerverein und bei der Dorffeuerwehr mittaten. In meiner Phantasie dichtete ich diese Menschen alle in verbrecherische Weiße, in Volksfeinde, gemeine Könige und hinterlistige Zaren um und schwor mir insgeheim, Rache an ihnen zu üben. Es blieben natürlich auch die Taten nicht aus. Mit einigen Schulkameraden verschleppte ich oft und oft die Wasserschläuche, wir zerschlugen jeden Feuerwehrhelm, den wir erwischten; die Böller, welche man bei Sedanfeiern und dergleichen abschoß, verstopften wir mit Kot, die Deichsel des Spritzenwagens sägten wir ab und auf den Rumpf des Wasserbehälters malten wir »Sitting Bull rächt sich!« oder »Tod und Verderben allen Volksfeinden!«. Die Prügel, die wir ab und zu bekamen, faßte ich stets als ehrenhafte Strafe auf oder vielmehr als Marter, die der gerechte Held von den Ungerechten stets zu ertragen habe.

Im übrigen nährte diesen meinen Hang zu empörerischen Taten auch mein seliger Vater, der eine tiefeingewurzelte Abneigung gegen alles hatte, was nach Uniform aussah und so ziemlich mit den meisten Amtspersonen in Dorf, Gemeinde und Bezirksamt in Streit lag. Ihm waren unsere Streiche gegen solche Leute nur recht. Außerdem hatte er irgendwo einmal einen Vers gelesen, den er mir geradezu als Lebenslehrspruch einimpfte. Auch er konnte nur solche Persönlichkeiten aus der Geschichte leiden, die sich gegen ihre Zeit, gegen die Fürsten und Herrscher gestellt hatten. Bismarck, den er als alter Feldzugsteilnehmer anno 1870 und 1871 oft gesehen hatte, dessen Entlassung er ungefähr wußte, verehrte er nur deshalb, weil er dem jungen Kaiser Wilhelm keinerlei Respekt gezollt hatte. Für ihn war dieser Mann kein Speichellecker und folglich ein Revolutionär. Er pflegte von ihm zu sagen: »Den hat der saudumme Kaiser bloß abgesetzt, weil er nicht gekrochen ist! Der wenn noch länger geblieben wär', dann hätte er die ganzen Majestäten zum Teufel gehaut ...« Ja, und dann schloß er meistens mit dem schon erwähnten Vers:

»Und beug dein Haupt
nie in den Staub und Kot
vor Fürstenthronen!
Frag nie: Was ist erlaubt
vor solchen Drohnen.
Sei Mann vor Mensch und Gott!«

Das ergriff mich immer tief, und ich wollte mich stets dran halten. Als mein Vater starb, fing mein ältester Bruder Max, der eben vom Militär entlassen worden war, seine Erziehung bei mir an und prügelte mich zu arg. Daraufhin ergriff ich die Flucht nach München, schlug mich auf alle mögliche Art und Weise durch das Leben, kam kurz darauf in die anarchistischen Kreise um Erich Mühsam, war Antimilitarist schon im tiefsten Frieden, schwärmte für die direkte Aktion der Syndikalisten; im Krieg verweigerte ich den Gehorsam und kam ins Irrenhaus. Als Arbeiter und Vagabund schloß ich mich der Unabhängigen Sozialdemokratischen Partei um Eisner an, machte die Erstürmung der Kasernen anno 1918 mit und lief dumpf bei allen linksradikalen Aufständen mit wie tausend andere. Nie aber kannte ich mich richtig aus. Ich wollte nur ewig Empörer sein. Erst als ich beim Einmarsch der Regierungstruppen als verdächtiger Räterepublikaner verhaftet und eingesperrt worden war und das wirkliche Arbeiterschlachten in München miterlebte, empfand ich nach und nach, daß sich eine Klärung in mir vollzog. Ich wurde tatsächlicher Revolutionär. Der Kampf gegen die sogenannte Ordnung wurde innerster Antrieb in mir. Kurz und gut, jetzt erst hätte ich – ganz plump ausgedrückt – brauchbar sein können für die revolutionäre Bewegung.

Jetzt aber hatte ich fast den Zusammenhang mit den Arbeitern verloren und beschäftigte mich Tage und Nächte hindurch mit organisatorischen Plänen. Ich war mißtrauisch gegen die Schreier und hielt mich von allen Versammlungen fern. Ich wollte erst einmal genau erforschen, wie ich der revolutionären Bewegung am besten dienen könnte. Sehr unglücklich war ich über die allgemeine Hoffnungslosigkeit unter den Arbeitern um die damalige Zeit. Es kam mir vor, als hätten die niederdrückenden Ereignisse vor allem den Glauben an das Zusammengehören, das Gemeinschaftsbewußtsein des proletarischen Menschen überhaupt schwer erschüttert. Das schien mir eine größere Gefahr, als die äußeren Siege der Reaktion. Auf den Gesichtern aller Genossen stand das Mißtrauen. Jeder witterte hinter dem andern einen Spitzel oder wenigstens einen unsicheren Kantonisten, jeder hielt sich zurück – eine eigentümliche Vereinsamung hatte jeden erfaßt. Und jeder stellte sich wieder auf sich selbst und verfolgte, wenn auch uneingestanden, seine eigenen, persönlichen Interessen.

Unter diesen Umständen war es schwierig, etwas zu tun. Die Unterhaltungen und Diskussionen, die ich ab und zu mit Genossen pflegte, endeten für mich immer mit dem faden Gefühl, mit dem lähmenden Eingeständnis, daß alles zwecklos gewesen war. Ich erkannte damals am deutlichsten, wie ungeheuer die Tatsachen den Menschen zu bestimmen vermögen, und streckte, poetisch ausgedrückt, vorläufig die Waffen. Ich zog mich zurück und vertat die Tage sinnlos, wurde immer mürrischer und bekam zuguterletzt vor mir selber einen Ekel.

Da kam einmal an einem Abend ein Freund zu mir und fragte, ob ich eine Stelle als Dramaturg an dem hiesigen Arbeitertheater »Neue Bühne« haben wolle. Ich kannte das Unternehmen nur vom Hörensagen und hatte mich nie dafür interessiert. Nur aus dem Verlangen, irgendeine Beschäftigung zu bekommen, sagte ich kurzweg: »Ja, meinetwegen! Aber ich hab' keine Ahnung vom Theater und kann überhaupt die ganzen Dramen nicht leiden.«

»Das macht nichts, Mensch!« erwiderte mein Freund, »Hauptsache ist, daß ein zuverlässiger Mann von uns hineinkommt.« Mit »uns« meinte er natürlich einen Revolutionär.

»Ja, mir ist's gleich ... ich mach's schon ... nur weiß ich nicht, ob ich da zu brauchen bin,« meinte ich abermals. Aber mein Freund ging nicht darauf ein und rief sogleich wieder: »Quatsch, Mensch! ... Lesen kannst du, und so ungefähr wirst du schon herausfinden, was zum Aufführen taugt.«

Damit war die Aussprache zu Ende. Er riet mir, mich sofort zur »Neuen Bühne« zu begeben, er hätte schon mit dem Direktor Felber gesprochen. Morgen könnte ich meinen Dienst beginnen.

»Gut,« sagte ich beim Auseinandergehen, »probieren wir's halt einmal!« und führte meinen Freund fast so wie einen Verleger, der mit mir einen guten Vertrag abgeschlossen hatte, zur Türe. Schnell machte ich mich zurecht und fuhr kurz darauf ins Bahnhofsviertel, zur »Neuen Bühne«.

Ich darf nun nicht auslassen, daß ich schon allerhand Tragödien, Dramen, Schau- und Lustspiele gelesen und einige auch auf der Bühne gesehen hatte. Vom Theater hatte ich eine hohe, fast ehrfürchtige Meinung und besuchte es aus diesem Grunde höchst selten. Es kam mir nämlich immer vor, als seien dort nur die gescheitesten und feinsten Leute, die mindestens so bedeutend wären wie die Klassiker. Ich fühlte mich in einer solchen Gesellschaft unbehaglich, denn dort mußte doch meine Ungebildetheit auf Schritt und Tritt auffallen.

Vom eigentlichen Betrieb des Theaters und besonders vom Zustandekommen einer Aufführung konnte ich mir nicht die geringste Vorstellung machen. Ich dachte nur: Das gedruckte Drama sei ungefähr soviel wie eine Gebrauchsanweisung und würde mit den dazu nötigen Dekorationen und Requisiten von der Vertriebsfirma geliefert werden.

Unsagbar bewunderte ich die Schauspieler. Nicht etwa wegen ihrer Kunst, einen Menschencharakter wahrhaft lebendig darzustellen, sondern nur deshalb, weil es mir einfach rätselhaft schien, wie ein Mensch soviel auswendig lernen konnte. Noch dazu, wenn man in Betracht zog, daß ihm in dieses Auswendiggelernte der Partner in einem fort hineinredete. So etwas fand ich unerklärbar, ja, es war schon fast ein Wunder.

Die »Neue Bühne« nun unterschied sich von den sonstigen Theatern in allem. Sie befand sich in einer gewöhnlichen Wirtschaft. Theatersaal und Bühne waren hinten im Hof zu ebener Erde, die beiden Büros im Vorderhaus, erster Stock, direkt über der Gaststube. Der Hausbesitzer war der Gastwirt Alban Leberle, ein rothaariger, etwas aufgedunsener und nicht gerade freundlicher Schwabe.

Nach etlichem schüchternen Herumfragen fand ich den Direktor Felber, der mich gleich in sein ungemein kleines »Direktionszimmer« nahm und sich dort mit mir sehr lebhaft aussprach. Der Mann war mittelgroß, schmächtig, hatte ein glattrasiertes Gesicht mit einer leichten Hakennase, sprach halbwegs österreichischen Dialekt und schlug schon nach den ersten Worten einen sehr herzlichen, vertraulichen Ton an.

Ich erfuhr von ihm, daß die »Neue Bühne« auf genossenschaftlicher Grundlage aufgebaut sei, und zwar ausschließlich von Arbeitern. Jeder Genosse habe einen Anteil von zwanzig Mark gezeichnet, etliche hätten auch mehr beigetragen. Dadurch wäre jeder Mitbesitzer des Theaters und bezahle ermäßigte Eintrittspreise zu den jeweiligen Vorstellungen. Das ganze Unternehmen sei zwar sozialistisch, aber nicht politisch. Es handle sich mehr um eine kulturelle Leistung.

Als er sah, daß ich immer interessierter wurde, schilderte er mir sehr eingehend das Werden der »Neuen Bühne«. Viele Genossen haben mir später übereinstimmend genau dasselbe erzählt, der eine mit mehr, der andere mit weniger Begeisterung, jeder aber mit aufrichtigem Stolz.

Es war kurz nach der Revolution. Das Soziale ging überall um. Jeder Verein und jeder Einzelne entdeckte gewissermaßen seine altruistische Ader und wollte sich auf irgendeine Weise gemeinnützig zeigen.

Damals gründete Eugen Felber im Tanzsaal des Gastwirts Alban Leberle ein Theater der engagementlosen Schauspieler. Es wurden, weil das in der Zeit lag, meist Stücke mit sozialem Einschlag gespielt. Der Erlös floß zu gleichen Teilen den Mitwirkenden zu.

Ohne jedes Kapital und mit den allerprimitivsten Mitteln arbeitete die Truppe. Die Anerkennung blieb nicht aus, aber die Schwierigkeiten wuchsen sich zu einer immer größeren Misere aus und zuletzt drohte alles zusammenzubrechen. Da entdeckte der findige, immer wachsame Direktor einen rettenden Ausweg: Er setzte sich mit den Arbeitern in Verbindung. Ihn trieb der Gedanke, daß man ein einmal begonnenes Werk nicht einfach untergehen lassen dürfe, und wohl auch der zuversichtliche Ernst, den Arbeitern etwas zu schaffen, was nur für ihre Ideen mit dem Mittel der Kunst warb. Unermüdlich hetzte er herum, jeden Tag fing er von vorne an, von einer Stelle rannte er zur anderen. Nichts entmutigte ihn. Mit wahrhaft fanatischer Energie sprach er in jeder Versammlung für eine organisierte Arbeiterbühne. So, wie er mir oft und oft erklärt hat, ganz konkret und praktisch, rief er den Massen immer wieder zu: »Wir brauchen uns ja nur ausrechnen, Genossinnen und Genossen – ... wenn sich hundert- oder zweihunderttausend Arbeiter zusammentun und jeder Einzelne gibt im Jahr nur eine einzige Mark, so ergeben das zweihunderttausend Mark Grundkapital. Damit kann man ein Theater bauen. Geht von diesen Arbeitern monatlich nur jeder ein einziges Mal ins Theater, so kann sich das Unternehmen halten. Wir haben damit ein Werk geschaffen, das uns gehört, in dem wir die Herren sind. Jeder ist Mitbesitzer ...«

Das leuchtete jedem ein, und, wenngleich von allen Seiten Warnungen kamen, wenn es auch noch soviel Zweifler in den eigenen Reihen gab, schon nach einigen Wochen meldeten sich die ersten Anhänger und schlossen sich zusammen. Dieses kleine Häuflein arbeitete mit Feuereifer. Mancher gab buchstäblich seine letzten Ersparnisse hin. Nach kurzer Zeit kam man überein, Genossenschaftsanteile auszugeben. In allen Betrieben und Organisationen wurden Mitglieder gesammelt, und es war wunderbar, wie diese Standhaften zusammenhalfen. Wer nur irgendwie Zeit aufbringen konnte, half bei der Verbesserung und Ausgestaltung des Lokales mit. Lichtanlagen legten arbeitslose Monteure umsonst, die Bühne bauten Maurer und Zimmerleute ohne Entgelt um. Alle Berufe waren vertreten, alle Sozialisten hatten sich zusammengefunden, die Radikalen und die Gemäßigten. Es gab wirklich keine Gegensätze mehr, das Wichtige schien nur noch: Diesem Werk auf die Beine zu helfen.

Es gab Arbeiter, die den ganzen Tag in den Fabriken schufteten und gern noch die ganze Nacht zur Mithilfe opferten. Jeder brachte, was man brauchte. Der eine kam mit einem Handkarren voll Ziegelsteinen, der andere fuhr Kalk und Farbe herbei, diese wieder stifteten Pinsel, Stoff und Lichtmaterial, ja einer kam sogar daher und wollte alte Kostüme schenken. Er soll tief betroffen gewesen sein, als man ihm erklärte, sie seien nicht zu gebrauchen.

Und während man baute und im Saal hämmerte, probte Felber mit den Schauspielern. Er schrie, er fuchtelte mit den Manuskriptblättern herum, er unterstrich gewisse Redewendungen mit einer heftigen Armbewegung und rief die Stichworte; er besprach dazwischen dies und das mit den Zimmerleuten und Maurern, er bellte schimpfend auf, er sah alles und dachte an alles. Er errechnete die möglichen Einnahmen und genehmigte die Ausgaben, er las die Stücke und verfaßte die jeweiligen Texte für den Theaterzettel. Es gab keine Minute für ihn, die er ungenutzt verlaufen ließ, und weil er ein solches Beispiel in allem war, gestand man ihm auch die Autorität zu.

Als Vorstände der Genossenschaft fungierten nur Arbeiter. Sie gruppierten sich hauptsächlich aus Packträgern, Eisenbahnern und Leuten von der Post.

Der Direktor schaute mich immerfort treuherzig an. Dann kam er auf die Nöte und Schwierigkeiten des jungen Unternehmens zu sprechen. Die Arbeiter seien »theaterfaul«, meinte er, und die Vorstellungen manchmal nur halb besetzt. Oft noch schlechter. Meist wären unter den Besuchern mehr »Straßengäste« (Nichtmitglieder) als Genossen.

Und endlich kam er auf meine spezielle Tätigkeit zu sprechen.

»Wissen Sie, wir wollen da gar kein festes Schema aufstellen. Sie brauchen keine Angst zu haben. Mir kommt es bloß drauf an, daß ich einen zuverlässigen Menschen um mich habe, der mit mir durch dick und dünn geht. Sie lesen die eingelaufenen Stücke und schlagen vor, machen die Korrespondenz und halten vor jeder Vorstellung eine kurze Einführungsrede vor dem Vorhang,« erläuterte er und setzte in bezug auf diese Reden hinzu: »Die haben sich sehr bewährt.«

Ich sagte nur noch: »Ja« und wieder »Ja« und wollte meine Bedenken nicht mehr äußern.

»Also, dann kann ich auf Sie rechnen?« fragte der Direktor am Schluß und ich versprach, morgen zu kommen. Wir verabschiedeten uns herzlich. Ich war wie umgewandelt. Unverhofft hatte ich eine Beschäftigung gefunden, die ich geradezu ersehnte. Ich war zufrieden wie nie. Diesmal hatte ich nicht jenes widerwärtige Gefühl, von dem jeder erzählen kann, der nach längerer Arbeitslosigkeit eine Stelle bekommt. Man ist an einem solchen Tag meistens niedergedrückt, weil es einem vorkommt, als finge am andern Morgen eine Art Galeerenstrafe an.

Und überhaupt! Früher war ich Bäcker, Müller, Keksmacher usw. – jetzt hatte ich es schon zum Dramaturgen gebracht. Zu einer besseren, sitzenden Beschäftigung. Ich war wirklich bester Dinge darüber.

Anfang gut – alles gut

Schon um dreiviertel acht Uhr war ich am andern Tag vor der Türe des Büros der »Neuen Bühne«. Die war noch verschlossen. Auf der dunklen Treppe saß ein alter, sehr magerer, gelbgesichtiger Mann, den ich, nachdem ich etliche Male vergeblich geläutet hatte, fragte, wann hier der Betrieb angehe.

»Ja mei'. So um viertel nach acht kann man schon das Hoffen anfangen,« brummte er griesgrämig und las, ohne sich weiter um mich zu kümmern, fortwährend in einem aufgeschlagenen Buch, das er auf seinen spitzen Knien liegen hatte. Ich war eine Weile still und musterte den Mann genauer. Er hatte einen zerschlissenen Gehrock von undefinierbarer Farbe an, ganz enge, dunkle Hosen und sehr lange, uralte Gummizugstiefel. Auf seinem kleinen, kugelrunden Spatzenkopf saß ein steifer schwarzer Hut, in den sich der Staub der Jahre sichtbar hineingefressen hatte. Er roch stark nach Schnupftabak und schnaufte ein wenig röchelnd. Man schloß, wenn man die ganze Gestalt überflog, unwillkürlich auf einen kleinen Wirtshaushausierer – bloß das interessierte Lesen paßte nicht dazu. Ich wurde langsam neugierig.

»Sind Sie auch bei der Neuen Bühne angestellt?« fragte ich endlich wieder. Der Mann sah nunmehr halb vom Buch auf und nickte: »Ja, warum? Sie vielleicht auch?«

»Ja. Ich soll den Dramaturgen machen,« antwortete ich und das belebte ihn sonderbarerweise sogleich. Er musterte mich etliche Augenblicke beinahe verdutzt, schnitt aber dann eine ironische Miene und grinste schließlich leicht. »O mei, o mei,« rief er, »da haben S' was Rechtes gewußt, Herr Nachbar! Hm, hm, hm! Da werden S' bald genug haben! Das ist doch alles Bruch und Kompanie! Die Leute wissen ja nicht ein und aus! Die haben ja keinen Dunst vom Komödiespielen! Lauters Trauerstück'n! Ewig Trauerstück'n spielen sie, wo kein Mensch hineingeht! Direkt grausen möcht' einem!« Er schnupfte rasselnd. »Soso, Trauerstücke?« erwiderte ich unverblüfft. »Soso! Hm! Was sind denn Sie hier, wenn ich fragen darf?«

»Ich? Ich hab' das größte Kreuz hier! Ich muß die Billett'n austragen in die Filialen. Da hör' ich mir grad genug den ganzen Tag!« murrte er und wollte wieder in sein Buch schauen. Seufzend setzte er noch hinzu: »Aber, mein Gott, in meinem Beruf ist ja gegenwärtig auch nichts los!«

Weil aber das Gespräch schon einmal angefangen hatte, wollte ich nicht wieder so langweilig schweigen. Ich sah flüchtig in das aufgeschlagene Buch und erkundigte mich über allerhand.

Kragler hieß der Mann, war eigentlich Elektromagnetiseur, wie er mir erzählte, und das Buch, in welchem er so vertieft gelesen hatte, war ein Band zusammengebundener Kinoprogramme, die ja stets mit kurzen Inhaltserzählungen versehen sind.

»Ich kenn' mich doch aus in dem Fach!« rief er, wieder auf die Neue Bühne kommend; er wurde fast böse darüber und kam ins Poltern, indem er die dünnen Arme ab und zu hin- und herwarf: »Ich les' doch Jahr und Tag nichts wie Komödien!« Und dabei deutete er auf sein Buch: »Da! Da stehn die schönsten Sachen drinnen, aber sowas spielen ja die Rindviecher nicht! Ewig ihre Trauerstück'n!« Er wurde mild und nachdenklich: »Man will ja nichts sagen! Volksstück'n, Gebirgsstück'n, ja! Aber die mit ihrem Zeug da! Da geht ja kein Mensch rein und zuletzt können's zusperren!« Wirklich besorgt schien er und berichtete mir, daß er schon seit Jahren die Kinoprogramme sammle und sie binden lasse, weil das »ein schönes Lesen« sei.

»Wenn ich bloß hineinschau' da drunten, wenn ich zuhör', wie die Schauspieler geschwollen daherreden, da ist's schon aus mit meinem Humor!« raisonierte er schon wieder: »Sowas ist doch für den Arbeiter nichts! Der möcht' doch eine Gaudi!« Und nun hielt er inne, schaute mich wiederum an und sagte in anderem Ton: »Soso, Dramaturg sollen Sie machen? Soso! Wissen sie schon bald nicht mehr, wo sie mit dem ganzen Krampf hinsollen! Hm! Da können S' Ihnen gefaßt machen, Herr Nachbar! Ganze Waschkörbe voll Theaterstück'n haben s' da!«

Mir kam ein leises Grauen bei dieser Nachricht, aber ich sagte nichts weiter. Es war auch nicht mehr Zeit dazu, denn jetzt kam ein anderer Mann in meiner Größe eilig die Treppe heraufgestürzt, grüßte kurz und sperrte schnaubend auf. Wir folgten ihm ins Büro. Das bestand aus einem engen, länglichen, kahlen Zimmer, in das vom Fenster her ein Wirtshaustisch hereinragte. Links und rechts waren einfache Stellagen, ein weißer Kachelofen stand in der Ecke, und an der einen Wand hing eine runde braune Küchenuhr. Der Neuangekommene war der Buchhalter Brönnle. Stattlich, gewichtig, gesund mit den typischen Manieren eines Büromannes. Er gemahnte auf den ersten Blick an einen eifrigen Gefreiten, der sich unbedingt die Unteroffizierstressen bald verdienen will. Mich beachtete er erst kaum, denn er wußte nichts von meiner Anstellung. Ich blieb deshalb dumm und schüchtern stehen und ließ ihn mit Kragler reden, mit dem er ziemlich barsch verfuhr, was der Alte stets mit einem gleichgültigen Gemurr quittierte. Auf einmal fragte Brönnle, wie ich heiße, und ob ich auch Mitglied werden wolle. Ich hinwiederum bejahte in meiner Verlegenheit, weil ich annahm, das sei Bedingung.

Da aber kam mir Gott sei Dank Kragler zu Hilfe.

»Ah, wie wird denn der Mitglied werden müssen!« knurrte er: »Das ist doch der neue Herr Dramaturg! Der Felber hat ihn doch gestern angestellt.« Diese Nachricht verwandelte den Buchhalter im Nu. Sofort wurde sein Gesicht freundlich und im schmeichelhaftesten Büroton sagte er: »So! Brönnle! Freut mich sehr!« Sehr förmlich drückte er mir die Hand und machte eine ungeschickte Verbeugung. Genau dasselbe tat auch ich, nannte meinen Namen und sagte zum Schluß ebenso verbindlich: »Freut mich, Herr Kollege!« Eine solche Anrede erwärmte den Buchhalter sichtlich und ich dachte: Froh bin ich! Über den gröbsten Anfang sind wir drüber!

Ich atmete erleichtert auf und fragte, wann der Herr Direktor komme.

»Der wird nicht mehr lang aus sein. Setzen Sie sich nur derweil hin, Herr Dramaturg. Oder wollen Sie gleich Ihre Bücher?« meinte Brönnle.

»Ja. Ich kann ja immer schon anfangen,« gab ich ebenso zurück.

Die Bücher wären im Direktionszimmer, erfuhr ich und bekam den Schlüssel dafür. Ich machte mich sofort an die Arbeit und trug ganze Stöße verstaubter Dramen von dort herüber ins Büro. Während ich sie neben meinem Stuhl aufschichtete, ordneten Brönnle und Kragler die auszutragenden Eintrittskarten für die Filialen und rechneten ab. Ich konnte unschwer feststellen, daß Buchhalter und Ausgeher auf schlechtem Fuß zueinander standen. Der erstere schnauzte befehlend und machte so den Eindruck eines Menschen, der – wie man das ausdrückt – »nach unten stößt und nach oben kriecht«. Nach kurzer Zeit ging Kragler brummend fort.

Ich setzte mich auf meinen Stuhl, der Buchhalter saß drüben und begann seine Haupt- und Kassabücher vollzuschreiben. Der Tisch trennte uns.

Ich fing sofort an, eingehend das erste, obenaufliegende Stück zu lesen. Ich wollte nicht lang herumstochern und gleich zeigen, daß mir keine Arbeit zu schlecht sei. Direkt erpicht war ich darauf, einen guten Eindruck zu machen. Aber es war schrecklich. Ich kam nicht weiter, denn ich lese von jeher sehr langsam. Ich wurde allmählich verwirrt, ließ mir's aber nicht anmerken. In einem fort dachte ich, daß ich doch hächstens an einem Tag e i n einziges Stück lesen könnte, und rechnete heimlich, wie lang ich wohl allein für diesen Haufen brauchen würde. Noch dazu langweilte mich dieses trostlose dänische Lustspiel bis zum Ekel. Mitten drinnen fragte ich schüchtern: »Verzeihung, Herr Kollege, kann man hier vielleicht rauchen?«

Dem Buchhalter schien mein schweigsames Dasitzen schon lang zuwider zu sein.

»Ja, selbstverständlich, selbstverständlich!« rief er sogleich und reichte mir seine Zigarettenschachtel herüber: »Bei uns geht's nicht nach dem Schema F.«

Ich zündete mir eine Zigarette an, und er tat das gleiche. Unentwegt las ich wieder weitere, räusperte mich hie und da und ging schließlich auf den Abort, den ich mir erst umständlich zeigen hatte lassen, nur damit die Zeit eher verlaufe. Als ich hereinkam, war bereits der Direktor Felber da.

»Guten Morgen,« sagte er.

»Guten Morgen, Herr Direktor,« sagte auch ich. Er erkundigte sich, ob ich schon etwas gefunden hätte. Gefunden? – Schrecklich! Ich hatte doch erst angefangen! »Ja, die Hälfte vom ersten Stück hab' ich schon gelesen,« sagte ich mit gespielter Ruhe. In diesem Augenblick rief es draußen im Korridor weiberstimmenhell: »Herr Direktor Felber!« »Ja, ich komm' schon!« gab der eilig an, sagte zu uns, wenn jemand nach ihm verlange, er sei drunten auf der Bühne, und ging.

Ich wußte jetzt schon fast gar nichts mehr mit mir anzufangen. Stier las ich weiter in dem dänischen Lustspiel und verfluchte insgeheim diesen ganzen Betrieb. Eine lähmende Langeweile überkam mich.

Draußen schien die schöne, klare Märzsonne und der belebte Lärm der Straßen drang von unten herauf. Auch konnte man, wenn es ganz still war, aus der Gaststube unter uns die verschwommenen Stimmen vernehmen. Hier – bei uns – war es wie in einer modererfüllten Kanzlei. Was es auch schon für Abwechslung gab! Von Zeit zu Zeit kamen Leute, ließen sich als Mitglieder unserer Genossenschaft aufnehmen oder kündigten ihren Anteil. Dann, zwischendurch, läutete auch einmal das Telephon. Das war alles. Noch dazu hatte ich mit all dem nichts zu tun. Das ging nur den Buchhalter an. Immerhin konnte ich dabei manchmal aufsehen, die Leute grüßen und mir eine neue Zigarette anstecken. Auch fiel es weiter nicht auf, wenn ich in den Abort hinausging, um der Zeit gewissermaßen vorwärts zu helfen.

Plötzlich aber, nach diesen Nichtigkeiten, fiel mir wieder meine Pflicht ein. Ich las mit aller Gewalt weiter, ich plagte mich redlich. Ab und zu schielte ich vorsichtig zum Buchhalter hinüber, und wenn ich sah, daß er beschäftigt war, überblätterte ich sacht und hastig einige Seiten. Ich wollte doch wenigstens zeigen, daß ich weitergekommen sei.

Mittags kam der Direktor Felber von der Probe herauf. Er war sehr nervös und machte fast den Eindruck eines Renngaules, der, auf einmal im Laufen unterbrochen, noch immer voll Feuer herumtrippelt. Der Schweiß stand ihm auf der Stirn und ein dünner, fast trockener Schaum zeichnete sich auf seinen Lippen ab. Er holte sich ein Glas Wasser aus dem Direktionszimmer, zog ein rundes Schächtelchen aus seiner Westentasche, öffnete es, schüttete ungefähr eine Löffelspitze des weißen Pulvers ins Glas und verschluckte hastig das Ganze. Dann atmete er leichter und wandte sich an mich.

»Na, wie weit sind Sie denn schon? Haben Sie schon was rausgefunden?« fragte er unvermittelt. Angstvoll und verlegen antwortete ich: »Nein, noch nicht. Ich bin noch immer beim ersten Stück, Herr Direktor.« Mit Blicken, die deutlich mein schlechtes Gewissen verrieten, sah ich zu ihm auf und erwartete schon einen brummigen Anrempler. Aber es kam ganz anders. Der Mann trat hinter mich, nahm mir das Buch aus der Hand, blätterte zurück bis zum Personenverzeichnis und sagte halb gleichgültig: »Sowas brauchen Sie gar nicht zu lesen. Das sind ja elf Personen. Wir dürfen feuerpolizeilich bloß immer acht Personen spielen lassen.« Damit warf er das Buch interesselos auf den Tisch und meinte milde: »Ja, jetzt ist Mittagszeit bis um zwei Uhr.«

»So, ja, schön, sehr schön, jawohl,« stotterte ich verblüfft und erhob mich sofort. Erleichtert ging ich. Wenngleich mir nicht recht in den Kopf ging, was die Feuerpolizei mit der Anzahl der zu beschäftigenden Schauspieler zu tun hatte, wäre ich jetzt doch am liebsten sitzen geblieben und hätte alle aufgestapelten Stücke nach dem Personenverzeichnis durchgesehen. Dann hätte man erstens einmal gesehen, wieviel ich gearbeitet hätte – und zweitens hatte ich kein Geld zum Mittagessen, mußte aber dennoch so tun, als lebte ich in den bürgerlichsten Verhältnissen. Man durfte seine Dramaturgenwürde doch nicht so lächerlich preisgeben.

Ich trieb mich also bloß bis um zwei Uhr – nachdem ich auf meinem Atelier Tee getrunken und etwas Brot gegessen hatte – in der Stadt herum.

Am Nachmittag ging es furchtbar schnell mit dem Durchsehen der Dramen. Der Stoß, den ich mir hingerichtet hatte, enthielt fast durchweg zehn- und zwölfpersonige Stücke. Ich schlug das Buch auf, durchflog das Verzeichnis und legte es weg. Neue, immer wieder neue Mengen Dramen holte ich und sortierte mit unglaublicher Fixigkeit. Zuletzt war meine Arbeitsecke ein wahre Wüstenei. Ich begann schließlich aufzuräumen und fing an, die zuviel-personigen Stücke an die Dichter oder Verleger zurückzuschicken. Ich schrieb gewandte Briefe, und es gefiel mir zuweilen, daß ich ohne großes Zutun auf einen solchen Machtposten gekommen war. Sehr wohl fühlte ich mich auf einmal. Nicht selten dachte ich: Fein! Sehr fein! Jetzt kannst du direkt über das Schicksal von all diesen Dichtern entscheiden.

Wenn einer sagt, daß er nicht triumphiert, wenn ihm eine eingebildete oder auch eine wirkliche Macht bewußt wird, so lügt er sicher. –

Leo Scherpenbach, eben jener Freund, der mir durch sein Zureden zu der Dramaturgenstelle verholfen hatte, fragte an diesem Abend, wie mir meine neue Beschäftigung gefalle.

»Ausgezeichnet! Wunderbar!« rief ich in bester Laune: »Das ist eigentlich viel schöner als die ganze Dichterei! Da brauchst du gar nichts zu können und bist doch eine sehr angesehene Persönlichkeit! Sehr schön! Wirklich wunderbar!«

»Gell! Ich hab mir's doch gleich gedacht. Das ist gerade das Richtige für dich! Da paßt du hin wie die Faust aufs Auge!« lachte dieser ebenso.

Die verführerische Wurst

Nach zirka einer halben Woche hatte ich mich schon ziemlich an meine Dramaturgenarbeit gewöhnt. Ich las die Stücke, schrieb die Briefe und unterhielt mich zwischendurch einmal mit dem Buchhalter oder mit dem Ausgeher. Das war gewiß nicht viel, und besonders anregend war diese Beschäftigung wieder nicht. Aber mein Gott, dachte ich, heraussuchen kann man sich die Arbeit nicht. Man muß eben anpacken, was kommt.

Für Büroarbeit war ich allerdings noch nie eingenommen. Vielleicht hatte ich keine rechte Vorstellung davon, vielleicht kam diese Abneigung auch wo anders her. Die Tätigkeit eines Buchhalters, eines Steuerschreibers oder einer Stenotypistin schien mir jedenfalls etwas Endloses zu sein. Endlos schrieb der Buchhalter seine Zahlen in das Haupt- oder das Kassenbuch; war eine Seite voll, so rechnete er zusammen, machte den Übertrag und weiter ging es. Endlos, endlos!

Genau so beim Steuerschreiber, genau so bei der Stenotypistin.

Der Schuster fing den Schuh an, und nach so und soviel Zeit hatte er ihn fertig, der Bäcker arbeitete am Teig und schuf schließlich Semmeln und Wecken, der Schneider zerschnitt den Stoff, fing zu nähen an und hatte zum Schluß einen Anzug vor sich liegen, etwas Fertiges, etwas Abgeschlossenes, ein Werk, eine endgültige Form. Bei den Büromenschen war's, als gäbe es überhaupt kein Ende, als werkelten sie – wie man in meiner Heimat sagt – nur herum wie »der Käfer im Roßdreck«.

Ich konnte diese Dinge gerade während meines eintönigen Dahokkens recht eindringlich überdenken, und wenn man einmal ungestört Zeit zum Betrachten hat, reiht sich ein Gedanke an den anderen. Man kommt zu den merkwürdigen Schlüssen, man wird – ob man will oder nicht – Philosoph.

Jetzt wurde mir so halbwegs begreiflich, warum beispielsweise der Handarbeiter eine solch instinktive Abneigung gegen den »Federfuchser«, gegen den Büromann hat. Er empfindet genau wie ich und sagt sich mit mehr oder weniger Recht, solche Beschäftigung sei keine Arbeit, denn die ist für ihn etwas mit Körperkraft und Mühe Verbundenes. Er zieht selbstverständlich sogleich Vergleiche zwischen seiner schweren Plagerei und der scheinbar mühelosen Tätigkeit desjenigen, der unablässig auf einem Stuhl sitzt und die Bücher vollschreibt oder Briefe tippt. Es ist sicher wahr, der Schweiß ist für den Proletarier ein »ganz besonderer Saft«, und wer will es ihm verdenken, daß für ihn ein in Schweiß geratener Buchhalter, Schalterbeamter, Steuerschreiber etwas Unvorstellbares ist!

Ich will aber weitererzählen.

Nach ungefähr einer halben Woche also – es war vielleicht gegen zehn Uhr vormittags – saßen der Buchhalter und ich im Büro. Auf einmal wurden im Korridor draußen schwere Schritte hörbar, und kurz darauf ging die Türe weit auf. Brönnle schnellte wie elektrisiert vom Stuhl auf, schlug buchstäblich die Hacken zusammen, legte verwirrt seine Hände an die Hosennaht und machte unausgesetzt devote Verbeugungen.

Ein schätzungsweise zwei Zentner schwerer, mächtiger Packträger mit Lederschurz und blauer Jacke, mit einem freundlichen, runden, roten Gesicht und einem sogenannten »Kaiser-Wilhelms-es-ist-erreicht-Bart« kam hereinspaziert und warf gutding ein Dutzend rundgebundener Dauerwürste, die an seinen dicken Fingern gehangen hatten, auf den Tisch.

»Darf ich vorstellen? Guten Morgen, Herr Vorstand! Darf ich vorstellen – unser neuer Herr Dramaturg, Herr – Herr Graf – unser Herr Vorstand, Herr Ehrhart!« plapperte der Buchhalter beflissen heraus und gestikulierte unausgesetzt mit den Händen wie ein anbietender Kaufmann, immer von mir zum Vorstand deutend und umgekehrt. Auch ich war aufgestanden und gab dem Packträger die Hand. »Ja, ja, Grüßgott, Grüßgott! Freut mich, freut mich, ja, ja,« antwortete dieser und entledigte sich seines schweren Rucksackes, den ich jetzt erst bemerkte. »So!« sagte er alsdann ausatmend zum Buchhalter: »So, Herr Brönnle, jetzt holen's von der Wirtschaft drunten die Wage und ein schneidiges Tranchiermesser herauf! Ich muß gleich wieder weg. Pressieren tut's.«

»Jawohl, Herr Vorstand, jawohl!« gab der Buchhalter zurück und war schon draußen. Ich glotzte wie geistesabwesend auf den Haufen Würste, und das Wasser lief mir im Munde zusammen. Der Vorstand unterhielt sich leger mit mir, wischte sich mit einem großen roten

Sacktuch den Schweiß aus dem Gesicht und sagte gemütlich: »Mein Lieber, das hat einen Kampf gekostet, bis ich einen solchen Haufen Würst' aufgetrieben hab'. Es soll aber nicht heißen, die Arbeiterbühne sorgt nicht für ihre Leute.«

Würste waren zu damaliger Zeit sehr rar, das heißt, man bekam sie schon, aber nur zu unerschwinglichen Preisen. Freilich konnte ich mir ungefähr denken, für wen der Vorstand sich solche Mühen gemacht hatte, aber ganz klar war mir doch nicht, was er mit den »Leuten« für Menschen meinte.

Brönnle kam nunmehr mit Wage und Tranchiermesser herein und die Arbeit begann. Der wackere Vorstand schnitt fachgerecht die Würste auseinander und wog in einem fort. Zwei Pfund, drei Pfund, vier Pfund, ein Pfund und dergleichen Portionen wog er ab, und wie in einem Metzgerladen warf er die Stücke jedesmal auf die Tischfläche, indem er rief: »Das ist für Kunig! Die Portion heben Sie der Frau Brand auf, die hat einen Sohn. Der mag essen! Das ist für die Gottinger! Die zwei Pfund gehören für den Arndt. Der Lampert möcht' vier Pfund? Noja, er ist der Älteste und verheiratet ist er auch. Da kann man nicht so sein!«

Er wog und wog, schnitt und schnitt, schnaufte und schnaufte.

»Die Wagenbauer hat sechs Pfund bestellt. Noja, sie hat einen alten Vater und eine alte Mutter. Geben wir's ihr!« redete er schon wieder weiter: »Der Hunckele ist sowieso nichts wie Haut und Knochen. Dem geben Sie die zwei ganzen da.« Und so ging es weiter. Jeder wurde bedacht.

»Jawohl, jawohl, Herr Vorstand. Und – und wenn ich bitten darf, für mich drei Pfund. Meine Frau ist in andern Umständen. Wenn ich bitten darf, Herr Vorstand,« sagte der Buchhalter untertänigst und schaute schon einigermaßen angstvoll auf den schwindenden Wursthaufen. Ich bekam immer größere Augen und dachte heimlich immerzu: Herrgott! Herrgott, wenn ich bloß Geld hätte! Wenn ich doch bloß was erwischen könnte!

Aber bis zum Monatsersten war noch eine lange Zeit. Bis dahin mußte schon durchgehalten werden. Das wird sich ja sicherlich noch öfters wiederholen, tröstete ich mich endlich und fand mich mit meinem Schicksal schier schon ab. Ich schluckte bloß ab und zu das zusammengelaufene Wasser in meinem Mund hinunter. Der Vorstand hatte bereits seinen Rucksack zu Dreiviertel geleert.

»Die fünf Pfund gehören dem Sandmeister und die fünf dem Direktor Felber,« sagte er wiederum sachlich zu Brönnle, und ich focht noch einmal den letzten Kampf mit meinem knurrenden Magen aus und preßte die Lippen fest aufeinander. Ich schlug die Augen gewaltsam nieder und schaute fest auf die Buchstaben des Trauerspieles, das ich gerade las, und wollte möglichst unbeteiligt erscheinen. Aber die Würste hatten etwas wahrhaft Teuflisches. Ich mußte wieder hinschielen und alle meine Beherrschung aufbieten. Da plötzlich sagte der mächtige Mann in gutmütigstem Ton zu mir: »Und wie ist's denn mit Ihnen, Herr Dramaturg? Mögen Sie gar keine Wurst? Sind Sie vielleicht gar ein Vegetarianer?«

Diese Frage zerschmetterte mich fast. Ich wurde brandrot, fühlte eine schaurige Hitze im Gesicht und brachte vor Verwirrung kein Wort heraus. Ich mußte erst noch einmal gehörig schlucken und stotterte endlich heraus: »Tj–jah–ja, we–wenn ich was krieg, schon! J–ja –a, a–a–aber –.« Das Wort brach mir ab. Indessen der Vorstand wußte sofort, was ich meinte, und fuhr in vertraulichstem Ton fort: »Haben S' keinen Diri-Dari (Geld) nicht? Das macht gar nichts. Das geht ja sowieso von der Gage ab. Also wieviel wollen S' denn? Drei Pfund hätt' ich grad' noch.«

»Ja, drei! Die drei Pfund also, wenn's geht!« stammelte ich glückgeschwellt und befangen zugleich, und schon flog mir die Wurst zu.

»Dankschön, dankschön!« rief ich, und, wahrscheinlich weil er an meinem Gesicht merkte, wie wohl mir diese Guttat bekam, meinte der dicke Mann abermals: »Wissen S', bei uns geht's durchaus sozialistisch zu. Da braucht keiner zu kurz zu kommen. Wir helfen zusammen.« Ich diesem Augenblick erschien mir der Sozialismus zum ersten Mal als etwas ganz Gewaltiges. Doch das war bloß ein blitzhafter Gedanke, der sofort wieder schwand. Am liebsten nämlich hätte ich gleich die Wurst angebissen und verzehrt. Unbezähmbar war meine Gier. Schon deshalb, weil der fleischigwürzige Geruch geradezu aufreizend in meine Nase stieg. Aber ich rechnete schon wieder mit dieser verdammten Dramaturgenwürde und hielt mich zurück, wickelte das Stück Wurst fester ins Papier und legte es beiseite.

Der Vorstand band seinen leeren Rucksack zu und fragte zum emsig schreibenden Buchhalter hinüber: »Haben S' noch Karten für Straßengäste, Herr Brönnle?« »Ja! Massenhaft, leider, Herr Vorstand, leider!« erwiderte der Befragte und hob dienststeifrig den Kopf: »Wollen Sie was?«

»Ja, geben Sie mir einmal eine Portion erster und zweiter Platz und schreiben Sie's ein. Am Bahnhof drüben erwisch' ich schon wieder Leute, die reingehen müssen. Ich laß' sie schon nicht aus,« sagte der Vorstand und steckte die erhaltenen Karten in seine Schurztasche. Er erkundigte sich über den Verkauf. Die Auskunft war ungünstig. Gutding die Hälfte der Eintrittskarten lag noch da und von den Vorverkaufsstellen war wenig zu erwarten. Der dicke Mann bekam ein besorgtes Gesicht.

»Ich kann's gar nicht begreifen, daß die Leut' keine wahre Kunst nicht mögen! Hm–hm–hm! Jetzt gibt man sich doch eine solche Müh'! Wo soll denn das noch hinführen! Alles lauft in die Kinos, zu dem Schwindel, wo alles unreell ist! Und da, da wo was wirklich Reelles geboten wird, da geht kein alter Hund rein! Traurig, traurig sowas, wirklich traurig!« lamentierte er bewegt und schüttelte fort und fort den Kopf. Betrübt wandte er sich an mich: »Wo meinen denn Sie, Herr Dramaturg, daß so etwas herkommt? Kommt's am End' doch daher, daß wir keine richtigen Stück'n nicht haben? Was sagen Sie?«

Gleich ahnte ich: Aha, man ist mißtrauisch gegen den Direktor! Der will sozusagen Kunst für die Straßengäste und Besseren, will Anerkennung von der großen Öffentlichkeit und ernsten Kritikerschaft, die Arbeiter aber sind anderer Meinung. Im Nu erinnerte ich mich auch an das Gespräch, das ich am ersten Tag mit dem Ausgeher Kragler gehabt hatte. Der hatte sicher so gesprochen, wie der Vorstand vor mir augenblicklich dachte, wie überhaupt alle dachten. Immer ist der Kleine nur Sprachrohr des Großen. Vorsicht, Vorsicht, Oskar, sagte ich mir innerlich, und laut antwortete ich: »Ja, mein Gott, wissen Sie, Herr Vorstand, da läßt sich schwer was sagen. Ich hab' ja auch noch keinen genügenden Einblick.« »Hm! Jaja, selbstredend, selbstredend,« gab sich der Dicke zufrieden und schien nachzudenken. Er tappte etliche Sekunden schweigend hin und her, als suche er nach tausend Ursachen. Man sah es ihm an, er war höchst besorgt um den Aufstieg des Unternehmens. Er hatte das grundehrliche Gesicht eines Mannes, der eine Verantwortung empfand, und der nun unruhig geworden war, der nicht begreifen konnte, daß andere nicht genau so dachten und fühlten. Er beklagte sich bitter darüber, daß die anderen Vorstandsmitglieder sich so wenig sehen ließen. Man mußte ihm glauben, wenn er mit gerührter Stimme immer wieder zu klagen anfing: »Ich tu' doch alles, was ich kann! Ich verkauf' Billetten am Bahnhof drüben! Ich rede und werbe, wo ich geh' und steh', für die Neue Bühne. Mir läßt das Unternehmen im Schlaf keine Ruh'. Die andern, der Sandmeister, der Kassier, wann sieht man ihn denn schon? Bloß, wenn's was zum Abrechnen gibt! Der Kiermeier tut auch zu wenig in seiner Organisation. Wenn jeder so dahinter wär' wie ich, dann müßt' doch alles viel besser geh'n.« Er blieb wieder stehen und rief mit fast tränenerstickter Stimme: »Ich weiß nicht! Da verläßt sich immer einer auf den andern! Das geht doch nicht!« Er schaute dabei auf den Buchhalter und dann wieder auf mich, als wünschte er irgendeine Zustimmung. Brönnle sagte nur ab und zu nickend: »Ja, ja, wenn jeder so sorgen tät', wie unser Herr Vorstand, jaja!« Und ich? Ich wußte nichts zu sagen und brummte schließlich doch: »Hm? Das ist traurig, hm–hm! Aber ich glaub', es hängt nicht immer auf eine Seite. Es wird schon wieder besser werden.«

»Ja, hoffen wir's. Ich krieg' noch graue Haare!« schloß der gute Mann, und indem er noch einmal die Eintrittskarten aus seiner Schurztasche nahm und sie nachzählte, brummte er trübselig: »Die müssen heut' weg und wenn der Teufel alles holt! Ich laß' ganz einfach nicht aus. Ein so gutes Werk ist's wert, daß man sich was vergibt! Ich schwatz die Leut' zu Tod', wenn's sein muß!«

Dann ging er. Ich hatte die ganze Zeit in wahren Höllenqualen dagesessen und atmete jetzt hörbar auf. Der Buchhalter mißverstand dies offenbar und meinte in bezug auf die Klagen des Vorstandes: »Jaja, gelln S', das macht einen auch ganz traurig.« Ich nickte scheinheilig und antwortete ebenso: »Jaja, traurig sowas! Hm–hm–hm!«

Mich verwirrte der Wurstgeruch vollkommen. Aber dem Buchhalter konnte und wollte ich mein Hungerleiderdasein doch nicht so offensichtlich zeigen und mein Stück einfach anbeißen und hinunterwürgen. Es wurde immer furchtbarer. Ich wartete zermürbt auf die Mittagspause, doch die Zeit – gerade wenn man so darauf lauert, daß die Minuten möglichst rasch vergehen – schien direkt stillzustehen. Ich schluckte immer wieder das zusammengelaufene Wasser in meinem Mund hinunter. Mein Magen rumorte immer mehr. Auffallend oft fragte ich Brönnle, wieviel die Uhr sei. Meine Nerven, meine Pulse, meine Gedanken, alles hämmerte bloß noch: Wurst! Wurst! Wurst! Ich spürte schon leichten Schweiß auf meinem ganzen Körper.

Mein Nebenmann stand jetzt auf und ging in den Abort hinaus. Mir stand der Atem still, als es draußen war. Ich lauschte herzklopfend, bis der Riegel ging. Wie ein lechzender Wolf fuhr ich mit beiden Händen in mein Wurstpaket, riß ein Stück herunter, umklammerte das kalte, runde Ding und biß ab. Ich zerkaute kaum und würgte alles derart wild hinunter, daß mein Schlund zu bersten drohte. Auch im Magen schmerzte der unzerkaute Brocken. Ich wickelte eilig die angerissene Wurst ein und schob sie weg, denn jetzt hörte ich draußen etwas. Das blanke Stück, das ich noch in Händen hielt, stopfte ich schnell in die Hosentasche. Brönnle kam zur Tür herein. Ruhig las ich. Aber jetzt war die Qual noch schlimmer. Nun hatte ich erstens den Magenschmerz und dann den fast mörderisch-gierigen Geschmack auf der Zunge. Ich hielt es nicht mehr aus. Nach einer ganz kurzen Weile stand ich auf und ging ebenfalls in den Abort hinaus. Ich hockte mich aufs Klosett und endlich, endlich entspannte sich alles an mir. Nun konnte ich wenigstens in aller Ruhe meine Gier stillen. So im Hineinessen murmelte ich auf einmal nicht gerade behaglich: »Jaja, jaja, Herr Prolet, jaja, auch du bist noch besessen von tausend bürgerlichen Hemmungen! Jaja, auch du willst noch immer als das erscheinen, was du nicht bist! Immer ehrlich sein, Herr Prolet, immer ehrlich sein!«

Ich muß das Volk bereden

Ich kam nie zu den Vorstellungen hinunter. Sie interessierten mich nicht. Wir spielten zu jener Zeit die Tragikomödie von Thaddäus Rittner »Wölfe in der Nacht«. Anscheinend durch die oftmaligen Wiederholungen war der Besuch sehr schwach geworden. Unser Vorstand Ehrhart mußte davon etliche schlaflose Nächte gehabt haben, denn er kam eines Morgens etwas aufgebracht ins Büro und fing gleich zu raisonieren an: »Ich weiß nicht, jetzt werden auf einmal keine Einführungen mehr gesprochen vor den Vorstellungen! Da glaub' ich's freilich, daß uns die Leut' nicht mehr hereingehen! Was ist denn jetzt das! Diese Vorreden haben sich doch so gut bewährt! Warum hält man sie denn jetzt auf einmal nicht mehr? Das ist eine Nachlässigkeit! Da kann ich nicht mehr mitmachen! Die Leut' verstehn doch nichts, wenn ihnen das Stück nicht erklärt wird! Da muß ich schon ein offenes Wort reden, Herr Dramaturg, nein, da sag' ich's grad heraus, das ist eine Nachlässigkeit vom Herrn Direktor! Sowas geht ganz einfach nicht! Herr Dramaturg, da müssen schon Sie dahinter sein!«

Ich wurde halb verlegen, denn alles klang, als sei es ein Vorwurf gegen mich. Außerdem war damit ein Thema angeschnitten, dem ich schon die ganze Zeit entgegenbangte. Ich wußte nur zu gut, daß mir jede Rednergabe fehlte, und schon damals, als mir bei meinem Dienstantritt der Direktor meine Tätigkeit erklärte, hatte es mich beinahe schaurig überrieselt bei dem Gedanken an diese verdammten Einführungsreden. Trotzdem aber antwortete ich heute dem aufgebrachten Vorstand mit stoischem Mut: »Jaja, ich halt' die Reden schon, wenn es sein muß.« »Jaja, das muß sein! Ich wett', daß uns bloß deswegen die Leut' nicht mehr reingehen!« beharrte der Dicke und ging sofort zum Direktor Felber auf die Probe. Daraufhin erhielt ich von diesem den strikten Auftrag, abends eine Rede an das Publikum zu halten.

»Wölfe in der Nacht« war schon lang vor meinem Eintritt auf den Spielplan gesetzt worden. Ich kannte das Stück und seinen Inhalt nicht. Nun natürlich, als der Direktor von mir eine Einführungsrede verlangte, gab ich mich wie ein in Dramen sehr bewanderter Mann. Heimlich jedoch zitterte ich und unablässig ging mir durch das Hirn: Das wird ja eine nette Bescherung! Du kennst das Stück nicht, weißt überhaupt kein Wort darüber zu sagen, wirst verlegen dastehen und vernichtet nach Einfällen japsen, das Publikum wird erst gespannt zu dir hinschauen, dann langsam ungeduldig werden, allmählich über das dumme Gestotter murren oder lachen, schließlich aber schimpfen und Tumult machen, und alles wird verpfuscht sein! O Gott! O Gott!

Ich schwitzte fast. Trotzdem schnitt ich das ruhigste Gesicht von der Welt. »Und was ich noch sagen wollte – natürlich keine politischen Sachen in der Rede bringen, gelln S'! Das ja nicht! Sowas verdirbt uns das ganze Publikum. Wir stehen ja sowieso schon im Ruf, nichts als ein kommunistisches Unternehmen zu sein. Das geht also auf keinen Fall, gelln S'! Lieber Herr Graf, wir sind doch einig darüber, Kunst ist einfach unpolitisch, aus! Also gelln S' ja nichts Politisches!« warnte mich der Direktor bei der Besprechung über mein abendliches Referat. Einnehmend, ja fast sanft bittend sagte er das, und mit bestgespielter Sicherheit antwortete ich: »Ja selbstverständlich! Selbstverständlich, Herr Direktor! Ich halte mich bloß an die Sache. Ich erzähl' erst kurz etwas über den Inhalt des Stückes, erläutere ein wenig und fertig. So, glaub' ich, ist's doch recht? Weiter braucht's doch nichts, oder?«

»Ganz richtig! Genügt vollkommen! Nur – vielleicht am Schluß Ihrer Rede ein paar Worte über Aufbau und Organisation der Neuen Bühne und besonders d a s betonen, daß jedes Mitglied Mitbesitzer des Theaters ist. Verstehn Sie mich? Gleichzeitig ein biss'l Werberede, verstehn Sie?« schloß mein Vorgesetzter befriedigt und ich nickte bejahend. Wir waren einig. Er ging in den Theatersaal hinunter und ich ins Büro hinüber.

Vor etlichen Tagen war's die Wurst gewesen, wegen der ich die Mittagspause kaum erwarten konnte, heute war's das Theaterstück oder vielmehr die Rede darüber.

Diese Dramaturgerei war schon eine recht aufregende Sache! Ich hatte mir alles so schön gemütlich vorgestellt. Ich setze mich am Morgen auf den Stuhl, lese den ganzen Tag die Theaterstücke und schreibe Briefe. Am Abend gehe ich wieder heim. Mein Dienst ist fertig, die Pflichten sind getan. Aber nein, auf einmal kamen diese Reden daher!

Ärgerlich und ängstlich war ich. Jesus, Jesus und wie konnte ich mich denn jetzt nur schnell über den Inhalt von »Wölfe in der Nacht« orientieren? Ein Buch davon war nicht da, das hatte der Direktor. Den hatte ich doch eben angelogen und so getan, als würde ich das Stück in- und auswendig kennen. Aus den Kritiken fand ich auch nichts heraus. Hinuntergehen und mir einfach das Stück vorspielen lassen, war doch auch unmöglich. Jesus, Jesus, was sollte ich denn bloß anfangen?

Endlich nach langem Hin- und Herdenken fand ich einen einigermaßen gangbaren Ausweg. Mittags suchte ich meinen Freund Scherpenbach auf. Der hatte eine Buchhandlung, leider aber »Wölfe in der Nacht« auch nicht vorrätig. Außerdem verriet er mir: »Ich hab' den Mist auch noch nicht angeschaut.«

»Hm, ja was mach ich denn bloß! Wie bring ich denn bloß meine Rede fertig!« jammerte ich ihm vor. Aber mein Freund war gar nicht bestürzt darüber.

»Quatsch, Mensch! Das ist doch sehr einfach! Da hast du Alfred Kerrs Werke. Da, da steht was über den Rittner. Das liest du durch und reimst dir was zusammen, basta!« sagte er und gab mir die Bücher.

Ich ging auf mein Atelier, las und las, aber auch der große Alfred Kerr erzählte nur sehr wenig über den Inhalt von »Wölfe in der Nacht«. Immerhin, nach einer guten Stunde hatte ich mir doch eine diesartige Rede zusammengeschrieben und prägte sie mir durch öfteres Vorlesen ein. Viel ruhiger kam ich im Büro an. Brönnle ärgerte sich zwar, daß ich an diesem Nachmittag fast nichts redete, aber ich lernte doch in einem fort meine Rede auswendig.

So, und dann kam also der Abend. Ich hatte den ganzen Nachmittag etwas Durchfall vor Aufregung und gespannter Erwartung. Lampenfiebrig kam ich auf die Bühne. Der Vorhang war noch nicht hochgezogen. Ich war allein und blieb zögernd in der Mitte stehen, stellte mich aber auf alle Fälle schon so hin, als finge ich jeden Augenblick zu reden an. Aus den Garderoben der Schauspieler hörte ich Reden und Kichern. Der Inspizient ging über die Bühne und schaute mich merkwürdig an. Ich brachte erst nach einigen Sekunden einige Worte hervor und fragte: »Geht's schon bald an?«

»Ach, noch lang nicht!« kam die Antwort bereits hinter der Kulissen. Ich schluckte vor Verlegenheit und stellte mich wieder gerade. Feierlich und gemartert zugleich kam ich mir vor. Da kam der Direktor auf die Bühne und rief hastig-gedämpft: »Nein–nein, hier dürfen Sie nicht stehen bleiben, nein–nein, vor der Bühne müssen Sie reden!«

Ich glotzte ihn verdutzt an: »Vor der Bühne? Ja, wo soll ich denn da noch stehen?«

»Auf dem Souffleurkasten,« sagte der Direktor abermals und schob mich mit nervöser Vorsicht durch den Vorhang: »Also los! Nichts Politisches und nicht zu lang! Los!«

Auf einmal also stand ich auf dem schiefen Dach des primitiven Souffleurkastens und schaute verwirrt in den noch nicht abgedunkelten, sehr schwach besetzten Theatersaal. Eine Sekunde verging. Da räkelte sich jemand, dort wisperte es, wieder wo anders lächelten welche, kicherten leise, und meine Kehle schien wie zugeschnürt. Ich starrte Augenblicke lang gerade aus, wie in ein leeres Loch und schluckte wiederum fest. Ganz still war es jetzt. Alle meine Nerven waren gespannt wie Saiten. Schon kam es mir vor, als zerginge ich langsam, dann wieder als erstarre mein ganzer Körper, endlich gab ich mir einen Ruck und würgte mit aller Gewalt das erste Wort heraus.

»Mei–eine sehr verehrten Anwesenden!« hieß es und ich war heilfroh darüber. Die Spannung da unten im Saal schien langsam nachzulassen.

»Wir spielen heute ein Stück von Tha–Tha–Thaddäus Rittner! Ein österreichisches Stück!« sagte ich schwerfällig, und schon wieder räkelten sich da und dort Leute. Jetzt, jetzt werden sie gleich loslachen, durchzuckte es mich, und mit Todesangst plapperte ich weiter: »Österreichisch ist das Milieu, wenn man so will, österreichisch auch der Dichter. Thaddäus Rittner stellt Gestalten hin, die er selber erlebt hat. Mit einer österreichisch leichten Art baut er die verwickelte Handlung auf. Wir werden gespannt und lachen zum Schluß über das gute Ende.«

Ganz langsam kam ich im Laufe des Redens wieder einigermaßen zu mir. Immer und immer nannte ich den Dichter und das Stück österreichisch und wunderte mich allmählich über die geduldige Aufmerksamkeit des Publikums. Hinter dem Vorhang hörte ich wispernde Stimmen und stockte einen Moment. Offenbar hatte ich schon zu lange dahersalbadert. Indessen, ich konnte doch nicht einfach jetzt abbrechen.

»Das Sinnbild eines Stückes Leben soll im Theater, auf der Bühne lebendig werden, und wir wollen, daß Sie, verehrte Anwesende, ein Nachdenken mit nach Hause nehmen. Dies ist der Zweck der Kunst, dies wollen wir mit der Neuen Bühne,« wandte ich mich erneut und so geschickt, daß ich selber innerlich über meine Sicherheit staunte, ans Publikum und trompetete pathetisch den Schluß heraus: »Wir wollen ein Theater der Arbeiter, ein Theater des Volkes sein! Hier in diesem kleinen, armseligen Raum soll die wahre Kunst ein Heim haben. Und darum, Genossen und Genossinnen, werbt für Euer Theater, denn es ist für Euch und wegen Euch, es gehört jedem von Euch! Ich danke im Namen der Direktion für den regen Besuch, und nun lassen Sie die Dichtung selbst wirken und werden Sie bezaubert von ihr!«

Ungelenk verbeugte ich mich und trat ab. Alle klatschten anerkennend, aber das hörte ich schon nicht mehr, denn als ich zurückging, stolperte ich und fiel dummerweise auf die Bühne in gestreckter Länge. Es war nur gut, daß der Vorhang keinen Spalt gelassen hatte. Der Direktor half mit bestürzt auf und fragte eilsam lispelnd, ob ich mir weh getan hätte.

»Nein–nein, ga–garnicht, garnicht!« antwortete ich hastig und atmete auf. »Soweit ganz richtig. Bloß daß Sie am Anfang ›sehr verehrte Anwesende‹ sagen und am Ende auf einmal mit Genossen und Genossinnen anfangen, geht nicht. Und dann, das sollten Sie auch nicht gesagt haben mit dem armseligen Raum. Das stößt ab. Wir brauchen unsere Not nicht zeigen. Außerdem, mit diesem ewigen Hinweis auf Österreich, das geht ja direkt auf mich,« kritisierte mich der Direktor halb ernst und halb scherzhaft und schob mich schnell durch eine Kulissentür hinaus, denn es war höchste Zeit. Schon schlug der Inspizient auf die Gongplatte. Die Vorstellung begann. Ich torkelte hinaus durch die schmale Bühneneingangstür und stand in der frischen, wohltuenden Dunkelheit. Im Hof traf ich den Vorstand. Er schien mich abgewartet zu haben und war sehr erbaut von meiner Rede. Gesund lachend kam er auf mich zu und drückte mir die Hand.

»Schön, sehr schön haben Sie's gemacht, Herr Dramaturg! Ausgezeichnet! Da hat das Ganze gleich wieder einen anderen Schwung!« sagte er und zog mich in die rauchige Wirtsstube hinein. Da ging es laut her. Um einen runden Tisch saßen die ganzen Mitglieder der Vorstandschaft und die verschiedenen Aufsichtsräte, grüßten wie kollegial und belobigten mich allseits.

»Eine Maß für den Herrn Dramaturgen! Auf meine Kosten! Bier her!« schrie der beglückte Vorstand und nötigte mich auf einen Stuhl. Gleich fühlte ich mich wohl.

»Gelln S' da schaugen S', was Sie für einen Beifall gehabt haben!« rief mir der Betriebsrat Metzger, ein schmaler, langer Mensch mit pfiffigem Gesicht zu und kniff seine Augen vielsagend zusammen.

»Ja,« lachte Ehrhart, »wir haben schon gesorgt, daß alles geklatscht hat. Wir sind alle hinten gestanden und haben die Händ' ineinandergeschlagen, daß sie uns jetzt noch weh tun.« Jeder rühmte sich seiner Großtat und jetzt erfuhr ich erst genauer, wie man den Beifall inszeniert hatte. Nämlich durch die Wirtsküche gelangte man in den Theatersaal. Da waren die Tischgenossen hineingeschlichen, hatten sich hinten an die Wand gestellt und mir die »Ovation« dargebracht.

»So muß man's überall machen. Allweil mit der Reklame, die wo man nicht kennt. Nachher wird's was,« sagte das Aufsichtsratsmitglied Tremel, ein gemütlicher Vierziger mit ziemlichem Bauch und sehr nasaler Aussprache. Er war irgendwo bei einer Einkaufsgenossenschaft für Cafés und Gastwirtschaften und verstand sich – wie man mir sagte – besonders auf derartige Reklame.

Bald wurden wir lustig und so anregend verlief dieser Abend, daß ich zum Schluß mit allen Bruderschaft trank.

»Wir sind allsamm Genossen! Sauf nur zu, Oskar. Du hast mir gleich gefallen, wie ich dich gesehen hab',« lobte mich Ehrhart, und von da ab fing meine Beliebtheit an. Jetzt gehörte ich dieser wunderlichen Gemeinschaft mit Leib und Seele an. Ich war wirklich ein Genosse unter vielen anderen Genossen.

Kleine Gewitter

Übrigens – wunderlich habe ich eben gesagt, eine wunderliche Gemeinschaft habe ich die damalige Neue Bühne genannt. Es wird gut sein, ich erkläre das etwas näher. Hämische und Siebengescheite, die einer Sache nur dann ihren spießbürgerlichen Respekt zollen, wenn sie Erfolg hat, gibt es genug. Und weil es mir so gar nicht liegt, menschliche Dinge feierlich zu nehmen, könnte es am Ende manchem vorkommen, als mache ich diese rührende und auch heroische Bemühung der Arbeiterschaft lächerlich.

Als ich bei der Neuen Bühne eintrat, stand das Unternehmen schon ganz passabel. Die Mitgliederzahl wuchs von Tag zu Tag, wenn auch sehr kleinweise. Der Apparat lief regelrecht. Dennoch hatte nichts einen bürokratischen Anstrich. Da war gar nichts von Sekretärischem. Die drolligsten und ernstesten Vorfälle hatten eine echte, erfrischende Natürlichkeit. Es war eben deshalb wunderlich, weil man eine solche Zusammengehörigkeit in den Parteien und Gewerkschaften nicht antraf. Dort ging alles sozusagen den Dienstweg, fast schon wie beim Militär, hier war's ganz anders. Die Zusammenhilfe einte alle, und keiner hatte den Dünkel, mehr zu sein als der andere. Jeder half beispielsweise nachts vor den Uraufführungen mit, die Dekorationen zusammen zu zimmern, sie anzustreichen: der Direktor, der Maler, der Vorstand und die Aufsichtsräte. Wer da war, arbeitete mit. Es war fast so wie eine einzige Familie. Ich glaube, daß derartige Zusammenschlüsse von selbst die ihr fremden Kräfte ausscheiden und die Dazugehörigen immer mehr anziehen.

Die Seele des Ganzen war freilich der Direktor Felber. Das lag wohl daran, weil seine Arbeit gewissermaßen am sichtbarsten zutage trat. Die Außenstehenden sahen ja nicht in das Getriebe, wußten ja nichts von den gemeinsamen Mühen, sie bekamen immer nur das Resultat zu sehen. Diese Menschen alle, die in unser Theater kamen, rühmten stets nur die guten Aufführungen, und von ihnen war nichts anderes denkbar. Was der Einzelne, was die vielen Arbeiter an Opfern und Mühen für das gemeinsame Werk brachten, alle die kleinen und großen Schwierigkeiten, die dank der echten Zusammenhilfe immer wieder behoben wurden – das alles lag für einen, der nicht dazugehörte, gleichsam verschleiert und versteckt hinter jeder Aufführung.

Eugen Felber war mit diesem Theater verwachsen wie die Wurzel mit dem Stamm. Seine ganze Kraft, sein Denken und seine Findigkeit vereinte er darauf, dem einmal Begonnenen zum Durchbruch zu helfen. Gern hieß man ihn »Direktor« und jeder erkannte ihm die Führung zu. Dennoch aber hingen die Arbeiter nicht gar arg an ihm. Es war zwischen ihnen und diesem gewiß nicht überheblichen, durchaus ehrlichen Mann etwas wie ein unbegreiflicher Abstand, eine völlig verschiedene Empfindungs- und Auffassungsart, die ich oft und oft wahrnehmen konnte. Sehr bald stellte sich das heraus.

Die Presse war voll von Lob über unsere guten Aufführungen, Regie und Schauspieler wurden gerühmt. Immer aber wetterten die Kritiker gegen das »Politische dieser originellen Arbeiterbühne,« wenngleich dasselbe kaum zu merken war.

Die zu starke Betonung des Politischen lag auch dem guten Direktor schwer im Magen. Er wollte reine Kunst. Es war sein größter Ehrgeiz, mit dem, was ihm zu Gebote stand, das Vollendetste zu zeigen und die anderen Bühnen der Stadt zu überflügeln. Er war Theatermann durch und durch. Die Arbeiter hingegen erwarteten mit Recht Kunst nach i h r e r Auffassung. Sie wollten in allen Stücken immer nur d a s , was sie innerlich und äußerlich anging. Das aber war kaum zu trennen von ihrer politischen Überzeugung. Da gab es oft ein hartnäckiges Hin und Her, und ich wurde ungewollt zum Gegenstand heftiger Unstimmigkeiten. Nachdem ich nämlich schon so und so viel »Vorreden« gehalten hatte, nahm mich Felber einmal in sein Direktionszimmerchen und sprach sich mit mir aus.

»Also, Graf,« fing er in seinem warmen österreichisch gefärbten Hochdeutsch an, »also, Graf, ich glaub', wir brauchen uns nichts vorzumachen. Mir scheint's fast so, als wie wenn Sie von anderer Seite – ohne Absicht, selbstverständlich, selbstverständlich – gegen mich wären.«

»Von anderer Seite gegen Sie?« fragte ich verwundert, denn ich verstand wirklich nicht: »Ich hab nicht das mindeste gegen Sie, Herr Direktor. Ganz gewiß.«

Der Mann fixierte mich fragend. Dann fing er von neuem an: »Also, Graf, ich will Ihnen was sagen. Sie haben doch gewiß kein Interesse daran, daß die Neue Bühne in Mißkredit kommt?«

»Ich? Hm. Das müssen Sie doch selber wissen, daß ich das nicht will,« erwiderte ich noch verblüffter und fragte endlich geradewegs: »Also, Herr Felber, was haben Sie gegen mich auszusetzen. Ich mein', wir brauchen doch nicht Versteckspielen voreinander.«

Das brach das Eis.

»Graf,« sagte Felber wiederum, »ich will Ihnen was sagen. Reden Sie doch nicht immer so politisch daher bei den Einführungen. Solche Brandreden schaden uns furchtbar. Sie glauben es gar nicht! Sie müssen doch eins bedenken: Die Arbeiter wissen doch sowieso, wie wir stehen und wie sie dran sind, und die Straßengäste werden durch derartige Reden bloß vor den Kopf gestoßen und verscheucht. Glauben Sie ja nicht, daß das Feigheit von mir ist. Aber ich bin eben Realsozialist. Ich sag' mir immer, hat's einen Zweck oder nicht. Und Ihre Reden? Damit erreichen wir nichts. Schauen Sie, wir müssen uns doch halten.«

»Jaja, natürlich, natürlich,« sagte ich darauf und nahm ihm das Gesagte gar nicht übel. Sonderbarerweise aber mußte ich ein wenig lächeln, und das wiederum schien dem Direktor nicht zu gefallen. Er legte es sicher falsch aus.

»Nein–nein, Herr Direktor, ich lach' nicht wegen dem, was Sie meinen. Nein–nein, mir tut's wirklich leid, daß es jetzt auf einmal so rauskommt, als wie wenn ich gegen Sie arbeite. Das ist mir nie im Traum eingefallen, im Gegenteil,« versuchte ich mich zu entschuldigen. Mir war es sehr zuwider, daß Felber sich durch mich enttäuscht fühlte.

Wir schwiegen sekundenlang. Es war fast ein wenig peinlich.

»Ja,« nahm ich das Wort wieder auf und zuckte dabei die Achseln, »aber Herr Felber, wenn Sie meine Reden so politisch finden –. Ich red' doch bloß, weil's die Arbeiter so wollen und schließlich – die Neue Bühne ist doch nun einmal ein Arbeitertheater –.« Er unterbrach mich rasch.

»Jaja–jajaaa! Jaja, das ist ja alles recht und gut, lieber Graf, aber Sie müssen doch bedenken, wir zwei sind doch der Kopf vom Ganzen. Und – und ich bin doch der Ansicht, wir müssen doch schließlich zusammenarbeiten. Wenn Sie beispielsweise dem Publikum sachlich klar machen, was mit einem Stück los ist, so ist's doch genug. Da braucht man doch nicht gleich Volksversammlungsreden halten und die Kritiker verschnupfen. Was haben wir für einen Grund, unsere Karten jedem aufzudecken? Sowas ist doch unpolitisch! Was heißt denn Politik? Politik heißt Lavieren, verstehn Sie!« Und dann setzte er vertraulicher und wärmer hinzu: »Und geb'n S' mir doch zu! Die Hauptsache, lieber Graf, ist doch überall das Menschliche.«

»Jaja, das ist schon richtig,« erwiderte ich dumm darauf. Ich wußte auch nichts Schlagfertiges darauf zu erwidern. Weil der Direktor aber gar so gemütlich mit mir geredet hatte, wurde ich ebenfalls gemütlich und meinte hinwiederum: »Wissen Sie was, Herr Felber? Geht's denn gar nicht, daß ich überhaupt diese saudummen Vorreden nicht mehr halte? Schaffen wir sie doch einfach ab! Kein alter Hund bellt darnach!«

Hingegen da hatte ich es wieder falsch erraten. Der Direktor war absolut für diese Volksbelehrung. Mir war sie wurst.

»Noja,« sagte ich, »nachher reden wir halt weiter, daß eine Ruhe ist. Wie Sie meinen. Mir ist's doch gleich.«

Das faßte der Mann als eine gewisse nörglerisch sich zufriedengebende Abwehr auf und fiel sofort ein: »Nein–nein, so leicht dürfen wir das auch nicht nehmen. Das war ja gerade das Originelle an unserer Bühne, daß wir solche Reden eingeführt haben. Nein–nein, ich bin schon dafür, daß sie auch weiter gehalten werden. Oder,« er schaute mich schräg an, »oder sind Sie mir jetzt bös? Sagen Sie's nur grad heraus.«

»Ah, woher denn bös, Herr Direktor! Ich möcht aber doch nicht der Zankapfel sein. Wir haben doch gar keinen Grund zum Streiten, noch dazu wo wir jeden Tag mit allen möglichen Schwierigkeiten zu kämpfen haben,« erwiderte ich, und das gefiel dem Direktor wieder ausnehmend.

»Natürlich, selbstredend, selbstredend,« meinte er, »wir verstehn uns doch, Graf! Wir sind uns doch klar darüber. Der Ehrhart und die ganzen Vorstandsmitglieder, das sind ja alles sehr nette und wunderbare Menschen! Aber die wissen doch nicht, was Kitsch und was Kunst ist, die haben doch um Gotteswillen keine Ahnung, was Theater ist. Wo sollen sie's denn auch herhaben!«

Aha, jetzt hörte ich so halbwegs heraus, was eigentlich los war.

»Ja, mein Gott, Herr Felber. Sie müssen doch bedenken, der Arbeiter hat nun einmal eine andere Auffassung von Kunst als der Intellektuelle. Und wenn ich ehrlich sein soll, ich bin ganz seiner Ansicht. Was ist denn das schon mit dieser schönen Kunst, die keinem weh tut und keinen ändert? Lauter Schmus! Ich persönlich bin radikal für eine nützliche Kunst und für eine Dichtung, die einen Zweck hat,« antwortete ich kecker.

»Jaja, jajaaa, jaja, das schon, das schon, aber sie muß doch immer Kunst bleiben!« rief mein Gegenüber und sah hastig auf die Uhr. Er erhob sich: »Da müssen wir uns einmal drüber unterhalten. Ich muß jetzt zur Probe hinunter. Aber, bitte, lieber Graf, das was wir jetzt gesprochen haben, bleibt vorläufig unter uns, gelln S'. Und, gelln S', sind S' um Gotteswillen nicht mehr so politisch! Wenigstens nicht gar so arg agressiv!« meinte er.

Er ging und ich ging.

Nein, ich hatte weder Grund noch Lust, dem Direktor Schwierigkeiten zu machen, ich mochte ihn gern, und Reibereien konnte ich nie leiden. Aber hol der Teufel die Zufälle! An dem Tag schien schon alles wie verhext.

Im Büro standen Ehrhart und der Kassier Sandmeister, ein Schalterbeamter von der Post. Gleich als ich eintrat, sagte der Vorstand zu mir: »Also Oskar, du brauchst gar nicht aufzupassen, ob dem Publikum deine Reden gefallen. Die Vorreden werden nicht abgeschafft.«

Ich war stockverblüfft. Was war denn bloß geschehen?

»Der Felber versteht die Stück'n freilich, aber das Publikum? Was macht denn unser Publikum, wenn ihm nichts erklärt wird? Grad durch deine Einführungsreden geht jedem erst die Gaudi richtig auf! Und – Herrgott, ich weiß nicht, was ist denn schon dahinter, wenn wir sagen, was unsere Überzeugung ist. Wir sind ganz einfach Sozialisten, aus!« raisonierte jetzt Ehrhart förmlich.

Ich konnte mir nicht erklären, was da herauskommen sollte, und sagte bloß etwas bedeppt: »Ja, das sind wir.« Dann aber, weil ich möglichst jeden Streit vermeiden wollte, sagte ich: »Tja, mein Gott, tja. Mir ist's doch gleich, Lorenz! Ich reiß' mich doch nicht darum, daß ich da drunten jeden Abend reden kann!«

»Ja, der Felber hat gemeint, du magst nicht mehr reden. Er sagt, das Politische geht nicht,« rief der Vorstand.

»Mögen? Ich will mich doch nicht weg machen! Aber wenn ich der Streitpunkt bin, Lorenz, nachher lassen wir doch lieber das ganze Reden,« versuchte ich zu schlichten.

Jetzt mischte sich auch der Kassier ein. Er spielte immer auf besonders drollige Weise den Gebildeten und machte einen nicht sehr guten Eindruck von einem »Stehkragenproletarier«.

»Ich bin auch der Anschauung, daß unser Herr Dramaturg die Sache ausgezeichnet gemacht hat bis jetzt,« sagte er geschnörkelt.

»Gell, sagst es auch! Gell!« rief Ehrhart befriedigt, und weil der Buchhalter es bei solchen Gelegenheiten immer für angebracht hielt, seinem Vorstand beizustimmen, meinte der jetzt: »Ich hab' nie nichts Anstößiges an userm Herrn Dramaturgen seinen Reden gefunden. Ich hör' jede.« Das war Wasser auf der Mühle Lorenz Ehrharts. Er stellte sich breit hin.

»No also! No also! Was hat er denn nachher, der Felber! Zuerst ist alles schön gegangen und jetzt, jetzt auf einmal paßt's ihm nicht mehr!« polterte er und kam völlig in Hitze, »ich mein', da hat doch der Vorstand auch noch ein Wörtlein mitzureden!«

Traurig und drollig zugleich war es, wie der ehrliche Mann sich alterierte. Das eingeborene Mißtrauen des Arbeiters dem Intellektuellen gegenüber, das Gefühl des Zurückgesetztseins und der Ärger über die scheinbar verletzte Vorstandswürde tönten aus den Worten. Mir wurde unbehaglich zumute. Ich wollte fort und fort beschwichtigen, hielt aber dennoch mit den Ausführungen eines Wohlmeinenden, die auf meiner Zunge lagen, zurück, weil Felber mir doch ausdrücklich gesagt hatte, ich sollte von dem Gespräch zwischen ihm und mir nichts reden. Und jetzt – dumm, saudumm! – jetzt wußte bereits der Vorstand, der Kassier, der Buchhalter und weiß Gott wer noch davon. Ich kannte mich nicht mehr aus, machte nur hin und wieder »hm« und ahnte ein Gewitter.

»Da muß ganz einfach für heut' Nacht eine Vorstandssitzung anberaumt werden!« forderte Ehrhart kurzerhand und wandte sich an Brönnle, »telephonieren Sie an die ganzen Leute! Sowas geht ganz einfach nicht, daß der eine hinum und der andere herum zieht!«

So, und damit ging er mit dem Kassier.

Eine Weile verging, bis der Buchhalter mit dem Telephonieren zu Ende war. Es war nicht mehr als natürlich, daß wir zwei nun auf das eben Vorgefallene zu sprechen kamen.

»Hm, was ist jetzt das wieder alles?« fing ich die Debatte an und lugte prüfend auf meinen Nebenmann.

»Der Herr Direktor läßt auch schon gar wenig mit sich reden. Unser

Herr Vorstand ist doch so ein guter Mensch,« sagte dieser mit ebensolcher Vorsicht.

»Das Reden vor den Vorstellungen war mir schon immer zuwider. Am End' hört sich die Geschichte jetzt auf,« meinte ich abermals.

»Ja no, es ist aber von Anfang an eingeführt, und bewährt hat es sich auch,« erwiderte Brönnle.

Auch im kleinsten Kreis heißt's diplomatisch sein, dachte ich, und weil mir unerklärbar war, von wem Ehrhart die Einwendungen Felbers gegen meine Einführungen erfahren hatte, hatte ich vorläufig ein Mißtrauen gegen Brönnle. Wir redeten eigentlich die ganze Zeit um den Brei herum, und das bestärkte mich in meinem Verdacht, den Urheber vor mir zu haben. Das Fatalste kam erst noch, als Felber mittags von der Bühne heraufkam. Er ahnte nicht das Geringste von all den Widerwärtigkeiten, und ich wollte vor dem Buchhalter nichts sagen. Dieser jedoch kam seinem Auftrag nach und unterrichtete den Direktor von der anberaumten Vorstandssitzung.

»So. War der Ehrhart da?« fragte der Direktor arglos.

»Ja, er trug mir auf, die Herren zu verständigen,« antwortete der Buchhalter.

»Wissen Sie, warum eine Sitzung sein soll?«

Brönnle schaute eine Sekunde lang verdutzt drein, sah dann mich verlegen an und drückte schließlich heraus: »Ja. Ich glaub wegen dem Herrn Dramaturgen.« Ich fühlte, wie ich rot wurde, und schämte mich fast. Der Direktor sah mich an. Ich hielt es nicht mehr aus.

»Ehrhart hat sich aufgeregt. Meine Reden dürfen ruhig politisch sein, sagt er,« rief ich beklommen.

»Haben Sie denn mit ihm gesprochen?« wollte Felber wissen.

Ich schüttelte den Kopf: »Nein, er hat's schon gewußt.«

»So–sooo,« murmelte der Direktor gedehnt und schielte flüchtig auf Brönnle. Die Unterhaltung stockte.

»Lassen wir doch den ganzen Schmus mit dem Reden, Herr Felber! Oder – redet doch ein anderer,« sagte ich nunmehr wirklich ärgerlich.

Ohne darauf einzugehen, schloß der Angesprochene: »Na, wir werden ja sehen, was es heut' Nacht alles gibt.«

Es war schier, als zögen sich an dem Tag die Gewitterwolken förmlich fühlbar zusammen. Am Abend gab es eine geschlossene Vorstellung für die Arbeiter des Betriebes »Neu-Aubing«. Zufällig hatte sich ein Herr Kritiker Ernst Leopold Stahl angekündigt, von dem Felber sich viel versprach. Noch einmal, bevor ich auf das schiefe Dach des Souffleurkastens stieg, ermahnte mich der Direktor, indem er ausdrücklich betonte, wieviel uns ein Artikel des betreffenden Herrn nützen könnte, noch einmal hob er warnend den Zeigefinger und sagte halblaut zu mir: »Also ja nichts Politisches, bitte! Beherrschen Sie sich wenigstens dieses eine Mal!«

Nickend antwortete ich: »Jaja, ich schau schon, daß ich alles ruhig mache.« Dann zerteilte ich langsam den Vorhang und trat hinaus. Diesmal war der Saal gepfropft voll, und ich weiß nicht, es fuhr mir auf einmal etwas Merkwürdiges durch die Glieder, als ich die vielen erwartungsvollen, hier und da freundlich zu mir herauflächelnden Arbeitergesichter erblickte. Eine leichte trotzige Bosheit konnte es sein, eine heimliche Wut oder auch etwas anderes. Jedenfalls ging mir in diesem Augenblick durch das Hirn, was denn nun schon dieser e i n e, mir unbekannte, womöglich bebrillte, studierte und vielleicht wichtigtuerische Herr Stahl so Bedeutendes sei im Vergleich zu meinen Genossen da drunten, von denen sicherlich jeder tausendmal mehr wert war, mehr gelitten und schwerer zu kämpfen hatte und mehr Recht hatte auf dieses sein Theater, als der Skribent. Flüchtig fiel mir auch das Gedicht meines Vaters wieder ein und brachte mich in Hitze. Es schien doch schon fast lächerlich zu sein, welch kläglichen Respekt der Direktor vor jedem Federfuchser hatte.

All diese Gedanken, blitzschnell gedacht, versetzten mich in eine empörerische Stimmung. Ich fing zu reden an und fühlte bei jedem Wort, wie ich in Begeisterung geriet. Ich scherte mich nicht im mindesten um die Erklärung des Stückes. Ganz kurz erwähnte ich etwas davon und glitt beinahe ungewollt ins Hetzerische. Mit einer gewissen boshaften Erheiterung stellte ich mir unablässig vor, wie nun der beängstigte Direktor händeringend hinter dem Vorhang stehen würde, und rief richtig volksrednerisch laut: »Wo ein Wille ist, Genossen und Genossinnen, da ist auch ein Weg! Diese Worte unseres unvergeßlichen, hingeschlachteten Genossen und Führers Gustav Landauer gelten auch für uns und unsere Neue Bühne. Nichts soll uns hindern, diesem Leitsatz zu folgen, unverdrossen und immerfort: Wo ein Wille ist, da ist auch ein Weg!«

Damit endete ich. Ein spontaner Beifall setzte ein. Nicht nur, daß alles wie rasend klatschte. Die meisten schrien sogar: »Bravo! Hoch!

Sehr richtig!« »Bravo, sehr richtig, Oskar!« hörte ich Ehrharts Stimme von hinten, und da und dort wiederholte sich's. Es sah ganz so aus, als treibe alle Zuhörer eine stumme Übereinkunft zum Protest gegen den Direktor. Immer wieder klatschte es. Ich drehte mich endlich um und schlüpfte durch den Vorhang auf die Bühne. Da stand Felber mit wachsbleichem Gesicht, sah mich feindselig an und sagte nur: »Na, da haben Sie sich ja wieder was Schönes geleistet. Der Herr Stahl wird ja einen netten Eindruck haben!«

Dieses Mal aber traf er nicht. Ganz keck rief ich: »Herrgott, Herr Felber, haben Sie doch nicht immer so Angst! Was ist denn schon Herr Stahl!« Aber der Direktor schnitt mir schnell das Wort ab, machte einige wegwerfende Handbewegungen und wies mich von der Bühne: »Jaja, jaja, ist schon recht! Wir reden morgen drüber!« Schon gab er seine hurtigen Anweisungen. Ich ging. Als ich die Tür hinter mit zuzog, hörte ich den letzten Gong.

In dieser Nacht mußte es eine wüste Vorstandssitzung gegeben haben. Als ich morgens mit Brönnle ins Büro kam, roch noch immer der ganze Raum nach kaltem Zigarren- und Pfeifenrauch, Asche lag überall herum, der Tisch war besudelt, halbe und ganz leere Bierkrüge standen massenhaft da. Alles war in größter Unordnung.

»Mensch, bis drei hat es gedauert. Der Felber hat eine Stinkwut!« sagte Brönnle zu mir. Aus Neugier hatte er so getan, als habe er noch viel zu tun, und war lang geblieben. Die Vorstandsmitglieder seien alle für mich gewesen, aber der Direktor habe beinahe gewalttätig gefordert, daß mir fernerhin derartige »hochpolitische Ausfälligkeiten wie mit dem hingeschlachteten Landauer« ein für alle Mal verboten werden müßten. Zuletzt sei alles auseinandergegangen wie beim Hornberger Schießen, und Einigung sei keine erzielt. Das habe ihm wenigstens heute früh Ehrhart im Hauptbahnhof drüben erzählt.

»Ich halt' ganz einfach keine Rede mehr! Ich mag nicht mehr!« sagte ich wütend und hatte es auch fest im Sinne.

Doch es wurde alles nur halb so schlimm. Der Direktor kam, hatte morgens keine Zeit, und mittags war er schon abgekühlt. Es gab wieder eine lange Aussprache zwischen uns. Sie endete ohne jede Feindschaft. Ehrhart kam. Ich bestand steif und fest darauf, nicht mehr zu reden. Man einigte sich zum Schluß dahin, daß ich von jetzt ab die Einführungen vor jeder Premiere zuerst in der Arbeiterzeitung veröffentlichen mußte. Ich hielt mich aber beim Reden nie an diesen Text.

Manchmal kam es noch zu kleinen Reibereien, ganz allmählich kam es dann so: Bei geschlossenen Vorstellungen mußte ich »einführen«, sonst nicht mehr. Ich war froh darüber.

Nach ungefähr einer Woche war wieder voller Friede zwischen Vorstandschaft und Direktor. Jeder gab ein wenig nach und ließ mit sich handeln.

Hingegen – ganz wo anders begann jetzt meine Hauptarbeit. Ich mußte nun täglich die Betriebe aufsuchen und unter den Arbeitern neue Mitglieder für unser Unternehmen werben. Anfangs begegnete man mir ungefähr wie einem unerwünschten Wichtigmacher, einem Eindringling. Die Betriebsräte musterten mich höchst mißtrauisch. Ich fing aber gleich leger zu reden an und, es muß wohl so sein, daß der Arbeiter instinktiv riecht, ob einer zu ihm gehört oder nicht, nach und nach war ich überall bekannt und gern gesehen.

In diesen Betriebsversammlungen habe ich meine Genossen besser kennen gelernt als sonst irgendwo. Da ging es ganz menschlich zu, im Guten und im Bösen. Bei solchen Zusammenkünften hörte ich wunderselten ein dummes, unechtes Wort. Hier, unmittelbar in dem Kreis, in welchem sie lebten und schufteten, redeten alle blankweg wie ihnen der Schnabel gewachsen war. Da gab es keine Getrenntheiten durch politische Meinungsverschiedenheiten und kein leeres Zeitungsgewäsch. Arbeiter war hier Arbeiter, Genosse war Genosse. Alle einte das wirkliche Bedürfnis, sich über die nächstliegenden Dinge klar zu werden, alle hielt das Bewußtsein des Ausgebeutetseins zusammen.

Oft und oft, wenn ich dieselben Arbeiter wieder in politischen Versammlungen zur Diskussion reden hörte, wunderte ich mich. Es kam mir dabei stets vor, als plage sich so ein guter und trefflicher Mann mit aller Gewalt, nur ja recht gescheit und hochtrabend daherzureden, als habe er auf einmal einen ungeheuren Respekt vor denen, die ihm zuhörten, und vergesse ganz und gar, daß diese Leute ja auch nur alle seinesgleichen seien, so gescheit und so dumm wie er, ganz aus demselben Holz wie er. Für mich war das stets unerquicklich, denn ich brachte bei einer solchen Gelegenheit das Gefühl nie los: Der Mann entfernt sich ungewollte von den Seinen, er will plötzlich etwas anderes scheinen, als er ist. Er hat die Echtheit und damit auch die Überzeugungskraft verloren.

Fröhlich ist der Dichtersmann

Natürlicherweise blieben bei der Vielfalt meiner Beschäftigung für die Neue Bühne die eingelaufenen Manuskripte mitunter etwas lange liegen. Und unleugbar sind Dichter sehr ungeduldige Leute. Das muß wohl in der Natur ihres Berufes liegen. Mir scheint jedenfalls, daß ein Dichter beim Abschluß eines Werkes stets der Meinung ist, das von ihm Geschaffene sei allein wichtig und alle anderen Instanzen – Verleger, Bühnen usw. – hätten weiter nichts anderes zu tun, als sich nur mit ihm und seinem Drama zu beschäftigen, seine Verse zu drucken, seinen Roman oder seine Novellen in Buchform herauszubringen und diese Ergüsse der Öffentlichkeit mit allem Fanatismus aufzuschwatzen.

»Sie, Herr Dramaturg, ein Herr Johannes Gutzeit war schon zweimal da und will unbedingt wissen, was mit seinem eingereichten Stück los ist,« teilte mir einmal tief am Nachmittag Brönnle mit, als ich gerade wieder von einer Betriebsversammlung zurückkam.

»Gutzeit?« brummte ich müde und fing an nachzudenken: »Gutzeit? Herrgott ja, das ist ja der mit seinem Zehnpfundmanuskript.«

»Ja, der Herr hat absolut sein Manuskript sehen wollen. Er hat warten wollen und ist fast zwei Stunden dagesessen. Er schaut morgen wieder nach. Am Vormittag gegen zehn Uhr,« berichtete der Buchhalter.

»So, ja–ja,« antwortete ich müde, »hat er denn den Direktor nicht getroffen?«

»Nein, der Herr Felber versteckt sich ja sowieso immer schon vor ihm. Er hat gemeint, Sie sollten ihn abwimmeln. Das ist ja auch ein sonderbares Mannsbild, dieser Gutzeit,« erzählte mein Gegenüber abermals.

Ich wühlte in meinem Manuskripthaufen herum und fand das Schreibmaschinenmanuskript. Es bestand aus fünfhundert enggeschriebenen Seiten. Ich las das Personenverzeichnis.

»Das können wir unmöglich aufführen – dreiundfünfzig Personen. Das geht nie! Ausgeschlossen, ganz ausgeschlossen!« brummte ich und gähnte. »Ausgeschlossen,« sagte auch der Buchhalter, der sich immer geschmeichelt fühlte, wenn man ihn in die Geheimnisse der – sagen wir einmal – künstlerischen Entschlüsse blicken ließ.

Eigentlich – künstlerische Entschlüsse, das ist schon wieder unrichtig. In Wahrheit nämlich hatte ich bis jetzt mindestens schon dreißig Stücke gelesen und zehn zur Aufführung vorgeschlagen. Jedesmal besprach der Direktor alles sehr eingehend mit mir. Es sah stets so aus, als führe er das Stück auch auf. Er nahm das Bühnenbuch zu sich, dann las er es, dann las es zu Hause seine Frau und schließlich – wurde es nicht aufgeführt. Ein ganz anderes Stück wurde eingeprobt. Hin und wieder, wenn gerade Zeit dazu war, äußerte der Direktor auch seine Zweifel über mein vorgeschlagenes Drama. Es war keineswegs schlechter Wille, Bosheit oder Schikane, daß er meine Befürwortungen überging.

»Wissen Sie, ich will Ihnen was sagen. Die ›Feinde‹? Gorki ist ja ein feiner Dichter. Darüber sind wir uns klar, glaub' ich. Aber das Stück schleppt! Es schleppt! Die Komödie hat keinen Elan,« sagte er und fuhr fort, »wir brauchen Theater, lieber Graf, verstehn Sie, Theater! Das muß gehen, Zug um Zug, sukzessive, verstehn Sie mich? Mein lieber Graf, Theater, das ist eine schwierige Sache! Da muß man einen Riecher für die Feinheiten haben. Das muß im Blut sein, in den Fingerspitzen! Verstehn Sie mich! Sie sind mehr Gefühlsmensch, Sie sind Dichter! Ich bin Theatermensch. Das sind zwei Paar Stiefel! Nein– nein, Sie brauchen nicht glauben, ich bin für Reißer, nein–nein! Das zeigt Ihnen ja schon mein Spielplan! Aber, wie gesagt, die ›Feinde‹? Ich weiß nicht! Es ist auch ein biß'l zu offen Tendenz. Zu offen, verstehn Sie! Sagen Sie, was meinen Sie zu der Zapolska? Das Stück ist ja nicht hochliterarisch, aber man kann was daraus machen! Schauspielerisch, verstehn Sie! Mit den Kräften, die ich jetzt beisammen hab', mach ich Ihnen eine Glanzleistung.«

»Zapolska?« fragte ich verwundert und erinnerte mich dunkel an einen Roman von dieser Dichterin »Der Polizeimeister«.

Der Direktor zeigte mir das Buch »Die Moral der Frau Dulska«, das ich in meinen Manuskripten nie gesehen hatte. Er mußte es irgendwo anders herbekommen haben. »Meine Frau hat's jetzt gelesen, ich hab's gelesen. Wenig Personal, witzig und ich hab' eine ausgezeichnete Hauptdarstellerin dafür,« sagte er.

»So, ja. Jaja, wenn Sie meinen,« murmelte ich gemütlich, und er empfand es schon wieder ein wenig so, als ärgere ich mich darüber.

»Nein–nein,« suchte er mich zu beschwichtigen, »nein – nein, wir führen die ›Feinde‹ schon auch noch auf. Aber da muß ich erst ein richtiges Ensemble zusammen haben, verstehn Sie mich. Die Dulska macht uns augenblicklich gar keine Schwierigkeiten, verstehn Sie? Und gibt volle Häuser.«

»Ja, Herr Felber, ich mein', das ist doch ganz Ihre Sache. Ich will da nicht drein reden. Ich sag' bloß, was ich für gut finde,« wehrte ich ab und lächelte ein wenig.

»Werden Sie sehen, die Dulska wird eine Sache,« meinte er noch einmal, und ich stimmte bei.

So ging es meistens. Nicht als ob etwa der Direktor gegen das Hochliterarische gewesen wäre, im Gegenteil, er hätte am liebsten Strindberg und Maeterlinck und Wedekind jeden Tag uraufgeführt – nur, er spielte eben immer etwas anderes als das, was ich vorschlug. Mich störte das weiter nicht. Ich las unverzagt die Stücke durch. Dumm war es bloß, wenn ich dann eine »Einführung« schreiben oder eine Vorrede halten sollte. Ich mußte mit Mühe und Not aus Kritiken und Büchern etwas Plausibles zusammenwursteln und kam eben dadurch, weil ich doch irgend etwas sagen mußte, immer wieder ins Politische.

Ich schlug Büchners »Dantons Tod« vor, der Direktor spielte »Armut« von Wildgans. »Die Wölfe« von Romain Rolland, meinte ich, wären sehr gut für unsere Arbeiterbühne. Es wurde Strindbergs »Scheiterhaufen« gespielt. Unsere Geschmäcker waren zu verschieden.

Beim »Scheiterhaufen« saß ich ausnahmsweise mit meinem Freund Lorenz Ehrhart, unserm Vorstand, im Saal.

»Was sagst jetzt du, Oskar?« lispelte dieser mir nach dem ersten Akt zu. Er schaute mir direkt bitthaft treuherzig in die Augen. Ich wußte genau, was er unterdrückt hatte.

»Ich? Ja, mein Gott. Schön ist's schon,« sagte ich trotzdem und hatte gelogen, denn es gefiel mir gar nicht, und von der guten Aufführung hatte ich wenig Ahnung.

Je weiter jedoch das Spiel ging, desto mürrischer wurde mein Freund, und schließlich konnte er sich nicht mehr zurückhalten.

»Geh!« knurrte er mir leise zu, »jetzt weiß ich nimmer! Das ist doch ein ganz seltsames Stück! Da ist ja nichts drinnen wie lauter Elend! Und das Weibsbild da! Sowas kann man doch dem Arbeiter nicht vorsetzen!« Er schaute zur Bühne. Jene Szene, in welcher der Wind immerfort die Türe auf und zu treibt, hub an. Das Gesicht Ehrharts wurde immer verdrießlicher, »geh, jetzt schau nur grad. Alleweil die Tür da! Sowas gibt's doch gar nicht! Geh! Ewig die Türe da, geh–geh–geh! Da verliert man ja direkt seinen ganzen Humor!«

Ich wollte nichts gegen den Direktor sagen und versuchte meinen Freund dahin zu bekehren, daß der Strindberg schon ein arg großer Dichter gewesen sei und furchtbar habe leiden müssen, bevor er gestorben sei. Das rührte denn auch den Vorstand sehr, und er wurde tatsächlich so traurig, daß er fast weinte. Es war nur schwer zu unterscheiden, weinte er jetzt aus purer Ärgerlichkeit oder bewegte ihn wirklich das Schicksal des großen Dichters.

»Jaja,« sagte er mit beinahe tränenerstickter Stimme, »das sieht man ja, daß der leiden hat müssen, sonst hätt' er doch nicht sowas Trauriges geschrieben! Und die Weibsbilder werden ihn halt auch seiner Lebtag recht schikaniert haben. Hm hm, wie's oft geh'n kann, hm–hm! Jaja, der Mann hat's nicht schön gehabt, das kennt man. Herrgottsakrament, die Weiber, mein Lieber, die Weibsbilder! Was die alles auf dem Gewissen haben! Hm–hm, der arme Mensch, der arme!« Er schien bekehrt zu sein und sah mich an: »Jaja, du kannst schon recht haben, es ist schon sehr lebenswahr das Stück, sehr lebenswahr! Aber halt gar so traurig! Ich meinet halt, wir müßten mehr lustige Stück'n spielen, nicht immer die elendigen Sachen da! Sowas kommt dir ja direkt im Traum bei der Nacht.« Ich nickte nur mehr. Ich mußte ihm recht geben, wenngleich die Aufführung am andern Tag von den Kritikern ausführlich besprochen und belobigt wurde.

Und an diesem Tag also kam der Dichter Johannes Gutzeit. Felber hatte folgende Weisung gegeben: Sollte er zufällig von der Probe heraufkommen und der Dichter noch im Büro sein, so müßte Brönnle unauffällig auf den Korridor gehen, sobald er draußen des Direktors Schritte höre, und ihn aufmerksam machen. Er ginge dann einstweilen ins Zimmer nebenan und warte, bis Gutzeit weg sei.

Solcherart belehrt, nahm ich das dicke Manuskript zur Hand, blätterte nachlässig darin und wartete. Ein Volksstück aus Thüringen war es. In Versen. Nur manchmal enthielt es kleine Prosastellen, dann wieder lange Lieder, die unter Abtanz eines Reigens gesungen werden mußten.

»Da werden Sie schauen, wenn der Dichter kommt,« sagte Brönnle ironisch. Blinzelnd sah er zu mir herüber.

»Ja, da läßt sich nichts machen. Es ist völlig unmöglich für uns,« sagte ich in bezug auf das Stück und erfuhr vom Buchhalter, daß der Verfasser es schon viermal geändert und trotz aller Ablehnungen Felbers immer wieder eingereicht habe.

»Der läßt sich nicht so leicht abspeisen. Der redet Ihnen im Handumdrehen ein Loch in den Bauch,« schloß Brönnle. Da klopfte es und schon ging die Türe auf. Johannes Gutzeit, Dichter und Naturapostel, stand mit fröhlich lachendem Gesicht vor uns. Es war Winter. Der Mann trug einen komisch kleinen Strohhut. Eine sehr enganliegende, zerschlissene, karierte und auffallend kurze Joppe umspannte seinen dünnen Oberkörper förmlich. Ebenso enge, dunkelfarbige Hosen hatte er und sehr lange Schuhe, die vielfach durchlöchert waren. Um den Leib war ein breiter lederner Gurt geschnürt. Etwas nach vorn gebeugt stand der Mann. In der einen Hand hielt er einen alten Regenschirm, in der anderen einen kleinen Koffer. Seine dicke, rote Nase tropfte. Kleine graue Augen leuchteten hinter der altmodischen Brille. Das graue, dichte Haupthaar reichte bis zur Schulter und ringelte sich dort, der schlohweiße Bart verdeckte den Ausschnitt der Joppe. Das ganze, absonderliche Gesicht hatte eine frappante Ähnlichkeit mit dem Eisners. Nur war dieser Dichtersmann belebter und schien in fast übermütiger Laune zu sein. Er ging nicht etwa, er wippte auf mich zu. Er tänzelte hin und her, machte Gestikulationen sonderbarster Art, stellte endlich Regenschirm und Koffer ab und drückte uns beiden die Hand.

»Wen hab' ich vor mir? So, den Herrn Dramaturgen! So! Herr Dramaturg! Herr Doktor! Gutzeit! Johannes Gutzeit, mein Name! Wenn ich mir die Frage erlauben darf! Was sagen Sie zu meinem Stück?« sprudelte es aus ihm.

»Ja-a-aaa,« wollte ich anfangen, aber ich kam gar nicht zu Wort. Immerwährend sich die Hände reibend, hin- und hertrippelnd wie ein langsam in Ekstase kommender Derwisch, plauderte der Dichter weiter. Bald war er an der rechten, dann wieder an der linken Zimmerwand.

»Es ist wie geschaffen für diese grandiose Volksbühne! Es ist eine echte, rechte Volkskomödie! Lust, Schalkhaftigkeit, Singen und Klingen, Trauriges und Tragisches, Drastisches und Derbes – kurzum, alles, was Sie wollen, ist darin!« rief er enthusiasmiert und schmiß dabei seine Arme bald weit auseinander, legte sie wieder an seine Brust, spreizte und zog die Finger wieder ein. Die Brauen zog er hoch, die Augen riß er auf. Beinahe gespenstisch war das alles.

»Ich hab das Stück leider noch nicht gelesen,« konnte ich endlich rasch sagen.

Der Mann schoß auf mich zu und lächelte breit.

»Nicht gelesen? O, das tut nichts! Das gibt sich alles noch, wenn Sie die ersten Szenen gelesen haben! Sie werden schon ganz für sich einen großen, einen nachhaltigen Genuß haben! Wissen Sie, ach wissen Sie, ich sehe das Volk schon! Ich sehe es im Geiste!« rief er, blieb stehen und schloß die Augen, »ich sehe das Volk, wie es da drunten in dem kleinen, schmucklosen, schlichten Saal sitzt und andächtig lauscht und sich erheben läßt und sich freut! Es muß grandios sein!« Er öffnete die Augen wieder und trat abermals näher an mich heran. Er hatte das einnehmendste Gesicht, seine Stimme klang flehentlich bewegt und vibrierend: »Sie werden sehen, Herr Dramaturg, Herr Dramaturg! Lesen Sie das Stück, lesen Sie es! Sie werden gleich sehen, d a s ist d a s Stück, das Sie suchen!« Er machte erneut eine feierliche Geste: »Ach, es wird eine Feierstunde sein, wirklich einmal eine völlig weltgelöste Stunde! Ach, ich weiß ja, ich weiß ja, wie das Volk sich nach sowas sehnt!« Sein Gesicht hatte große rote Flecken bekommen, er war fast atemlos geworden, fing auf einmal an, größere Tanzschritte zu machen, und glitt nach den ersten Worten in ein heiseres Singen: »Wenn das Gretlein singt:

O Franz, du wilder Herr Galan,
wie bin ich denn mit dir eigentlich dran?
Ich fürcht', du bist ein rechter Schalk.
Doch nein, ich füg' mich drein!
Denn schon in der Bibel heißt's:
Such' nicht im Nachbarsaug' den Balk',
Such' ich ihn in deinem Aug', daß du es weißt!«

Die Melodie sei zwar noch nicht fest, aber alles müßte mozartisch leicht aufgefaßt werden, meinte er und redete und redete. Ich biß meine Zähne aufeinander, um nicht laut aufzulachen, wurde aber bisweilen doch wieder traurig über diese rührende, groteske, armselige Gestalt. In einem fort überlegte ich, was ich denn nun eigentlich sagen sollte, ich wollte nicht weh tun, ich wollte vertrösten und blickte ab und zu auf Brönnle, der den Kopf eingezogen hatte und schon hin und wieder verräterisch vernehmbar losprustete. »Ich bin ein alter Mann, lieber Herr Dramaturg,« wimmerte jetzt der Dichter, »nur noch dies möchte ich erleben, möchte ich voll und ganz ausgenießen, wie das Volk durch mich eine Gabe bekommt!«

»Tja,« unterbrach ich ihn zögernd und schlug die Hände beteuernd ineinander, »wissen Sie, ich kenn' ja Ihr Stück nicht, aber ich muß es Ihnen leider, leider schon jetzt zurückgeben. Wir können es nicht aufführen. Ich lese es gern, aber es geht für unsere Bühne nicht, es hat zuviel Personen.«

Der Alte bekam ein furchtbares Gesicht. Er fiel im Moment förmlich in sich zusammen, glotzte mich an und gewann dann die Fassung wieder. Er gab sich einen anfeuernden Ruck und war ganz in meiner Nähe.

»Zuviel Personen?« rief er: »Zuviel Personen? Wieviel zuviel, Herr Dramaturg?« Er schien zum äußersten entschlossen.

»Wir dürfen feuerpolizeilich überhaupt nur acht Personen spielen lassen,« sagte ich.

»Acht? Nur acht?!« stieß der betroffene Dichter heraus und faßte sich wie einer Ohnmacht nahe am Kopf, daß ihm der Strohhut, den er bis jetzt aufbehalten hatte, herunterfiel, »acht? Bloß acht?«

»Ja, leider nur acht,« wiederholte ich und ließ den Mann nicht aus den Augen. Er stockte atmend und schwieg.

»Und Sie haben dreiundfünfzig,« sagte ich abermals.

»Ja, dreiundfünfzig,« murmelte der Greis gebrochen und schien verzweifelt nach einem Rat zu suchen, »dreiundfünfzig – und hab' schon geändert, viermal geändert.« Wieder schwiegen wir einander etliche Sekunden an. Plötzlich riß sich der Alte zusammen, machte eine sieghafte Miene. Er war zurückgetreten, fast in der Absicht, mich schärfer aufs Korn nehmen zu können, und machte jetzt wiederum einige resolute Schritte auf mich zu. Er zertrat dabei seinen Strohhut, hob ihn schnell auf und setzte ihn auf. Nichts scherte ihn mehr. Ich konnte nicht mehr anders, ich mußte lachen über den Anblick, nahm mich aber gleich wieder zusammen und wollte etwas sagen. Gutzeit aber war schon wieder ganz bei sich.

»Gut,« sagte er, »das läßt sich vielleicht doch korrigieren.«
Ich war über diesen Optimismus wie zerschmettert. Er beugte sich auf das neben mir liegende Manuskript und durchflog das Personenverzeichnis.

»Streichen wir das Volk!« sagte er und stieß mich dabei mit dem Ellbogen unsanft an das Kinn. Ich gab ihm einen Bleistift und er machte den unbarmherzigen Strich. Er schien nichts mehr zu hören und zu sehen, nur sein Werk interessierte ihn noch. Der Buchhalter erhob sich schnell und rannte zur Tür hinaus.

»Herr Dramaturg,« wandte sich der Dichter flehentlich an mich, »ich nehme das Stück mit. Ich werde es bühnengerecht machen. Ich will die Lieder drinnen extra komponieren lassen. Zehn Mark kostet's mich. Herr Dramaturg, verlassen Sie sich darauf, verlassen Sie sich ganz auf mich, ich liefere alles gebrauchsfertig. Es wird und es muß gehen!« Er war schon wieder atemlos.

»Ja. Meinetwegen. Aber gelln S', Hoffnung kann ich Ihnen keine machen. Ich kann hier auch nichts bestimmen. Ich an Ihrer Stelle würde es doch auch wo anders probieren. Bei einem Verleger vielleicht,« riet ich ihm. Er schüttelte fest den Kopf.

»Nein, nein, Herr Dramaturg! Dieses Stück ist nur für Sie! Nur diese wahre Volksbühne soll es haben!« beharrte er, drückte den Bleistift in seiner Hand schon wieder fester und beugte sich abermals nieder auf die Blätter, »gut, die Jäger können wir auch streichen!« Er besann sich, las und machte neuerlich einen Strich. »Die Wilddiebe sind übrigens gar nicht so nötig. Das läßt sich vielleicht durch Schüsse hinter der Bühne andeuten,« rief er und schon mähte sie der Bleistift nieder. Mir wurde schwummelig. Um Gotteswillen, dachte ich ängstlich, er wird doch nicht Stunden und Aberstunden dableiben und ewig streichen. Das mußte vermieden werden.

»Gut,« sagte ich, »Herr Gutzeit, versuchen Sie's. Ich will tun, was ich kann. Aber gelln S', machen Sie sich ja keine Hoffnungen. Und komponieren lassen Sie die Lieder vorerst doch lieber nicht, das kostet Ihnen bloß unnütz Geld. Da ist vielleicht später immer noch Zeit.« Der Alte sah mich bewegt an, schluckte und stieß aus tiefster Brust heraus: »Aber die Lieder schreien doch nach Musik! Musik! Verstehen Sie, Herr Dramaturg, Musik, d a s verlangt das Volksstück! Musik muß sein! Das erhebt, das trägt uns alle in reinere Sphären!«

»Also gut, Herr Gutzeit, meinetwegen auch Musik! Versuchen

Sie's,« wollte ich ein Ende machen, schlug das Manuskript zusammen und gab es ihm. Er packte es in seinen Koffer. Es ging kaum hinein, er stopfte mit den Fäusten nach und klemmte die Schließe zusammen. Er machte sich umständlich zurecht, trat nochmals an mich heran und drückte mir die Hand.

»Sie sind der edelste Mensch, den ich getroffen habe, Herr Dramaturg, Herr Graf!« sagte er seltsam innig, »und–und – wir werden einig, wir werden einig!« Damit verabschiedete er sich.

Ich setzte mich erst wieder, als er draußen war. Ich war eigentlich bedrückt. So gehen Hunderte, ging mir durch den Kopf, die einen werden alt darüber, alt und grau. Die andern haben Glück und nehmen das für Leistung. Und w e r soll nun da entscheiden?

Sekundenlang kam ich mir vor, als habe mich jemand dazu bestimmt, einen unerquicklichen Betrug zu betreiben. Ärgerlich war ich auf den Direktor. Und wieder, immer wieder drang mir ins Bewußtsein: Der kommt wieder! Der kommt wieder!

Brönnle kam zur Türe herein und lachte hellauf: »Ist er jetzt weg?! Der ist ja komplett irrsinnig! So ein Narr! So ein Narr!«

Mir kam der Groll.

»Ja,« sagte ich fast schroff, »Dichter sind alle Narren, aber sie sind mir doch hinten lieber als die ganzen anständigen Menschen vorne! Daß einer mit so und so viel Jahren in geregelte, satte Verhältnisse kommt, dazu gehört nicht viel!«

Der Buchhalter sah mich verdutzt an und hörte mit Lachen auf.

»Mein Gott, er kann einem ja auch wieder leid tun,« murmelte er und das klang gemein gönnerhaft. Er schrieb wieder weiter. Ich knirschte leise mit den Zähnen. Später, nach gut einer Stunde, hob Brönnle wieder den Kopf und sagte: »Aber passen Sie auf, der kommt wieder! Der läßt nicht locker!«

»Jaja, das gehört ja auch zum Narren, daß er immer wieder kommt,« erwiderte ich genau so abweisend.

Weiter in dieser Tonart

Je bekannter und beständiger unsere Neue Bühne wurde, desto voller war zu jeder Postzeit der Briefkasten. Der bestand aus einem Zweizentnersack, welcher innen an der Eingangstür am Briefkastenspalt an umgebogene Nägel gehängt war. Oft kam es vor, daß wir in der Frühe die Türe kaum aufschieben konnten, so erschreckend groß war der Einlauf. Dann löste ich den Sack von den Nägeln und schleppte ihn ins Büro, leerte alles auf den Tisch und befestigte den »Briefkasten« draußen wieder.

Der Ausgeher Kragler stand da und schnupfte, schüttelte in einem fort den Kopf und brummte: »Ha–hm, soviel Zeugs! Hm–hm! Und das sind lauter Stück'n zum Aufführen? Ja gibt's denn da gleich Fabriken, die wo die Komödien machen? Hm–hm–hm, es ist ja ganz aus! Es ist ja ganz aus! Einen solchern Haufen Theater! Das sollt doch ein biß'l eingeschränkt werden. Da kommt ja überhaupts keine Bühne nicht mehr nach! Hm–hm–hm, einen solchern Haufen Theater! Da möcht' man ja gleich direkt Bauchweh kriegen!«

Brönnle hingegen, der eine solche Einmischung in – wie er's nannte – »künstlerische Dinge« absolut nicht leider konnte, wies ihn stets zurecht: Geh! So reden S' doch nicht so unkultiviert daher! Was verstehen denn Sie von der Kunst!«

»Unkultiviert?« rief alsdann Kragler wieder und lachte, »mein Lieber, ich kenn' mich aus in dieser Sache. Schaun S' doch den Herrn Dramaturgen an! Der weiß ja überhaupts nicht mehr, was er anfangen soll mit dem vielen Zeugs!«

Und das war auch wahr. Ich stand mitunter tatsächlich wie ein Halbirrer vor dem Haufen und öffnete schweigend ein Paketchen nach dem anderen. Schrecklich, dachte ich, was werden da erst die großen Theater alles geschickt bekommen, und welche Möbelwagen voll Manuskripte werden erst bei den Verlegern und Redaktionen einlaufen! Armer Briefbote, der du dies alles schleppen mußt!

Ich konnte mir gut vorstellen, daß so einem Redakteur oder Dramaturgen manchmal die Galle hochstieg. Packte doch mich sogar hin und wieder eine leichte Psychose, eine Art Manuskriptrausch. Dann stemmte ich mich einfach mit beiden Armen gegen den getürmten Haufen und schob kurzerhand die ganzen Bücher und Briefe unter den Tisch.

»So, da liegen's!« brummte ich Brönnle zu, und der meinte, das wäre eigentlich ungeschickt, aufheben müßte ich ja doch wieder alles. Das stimmte auch wieder.

»Jaja, aber, Herrgott, da kannst ja kaum mehr schnaufen! So viel Dichterei erstickt ja den stärksten Packträger!« erwiderte ich und suchte aus dem Haufen die Briefe heraus.

Die Verlage waren meistenteils mustergültig. Sie erläuterten in ihren Begleitschreiben die eingesandten Stücke kurz, und am Schluße hieß es meistens: »Und würden es begrüßen, wenn wir recht bald zu einem Abschluß gelangen sollten usw.«

Das wahrhaft Furchtbare aber waren die Briefe der Dichter. Viele davon waren kaum leserlich. Ich habe mir oft den Kopf darüber zerbrochen, woher es kommt, daß die Dichter eine solch' schlechte Handschrift schreiben. Aber das wäre ja noch gar nicht das Schlimmste gewesen. Was in solchen Briefen alles stand, war das Schreckliche. Ganz passabel fingen sie an. Persönlich waren sie gehalten, das verstand sich von selbst. Kaum aber hatte ich halbwegs die Einleitungsfloskeln hinter mir, ging es schon an. Ich wunderte mich vor allem, wie gut informiert die meisten über unser junges Unternehmen waren. Dann noch darüber, wie gewaltig sozialistisch alle Dichter waren, und was sie um ihrer Überzeugung willen alles opferten. Einer schrieb, er habe sein Stück nur für Proletarier geschrieben und es Reinhardt, trotz dessen Drängen, nicht gegeben, weil er »es als Sozialist verschmähe, ein Werk den bourgeoisen Elementen vorzusetzen.« Ein anderer forderte fast diktatorisch eine Aufführung unter seiner Regie, denn »nur der Dichter selber erfasse sein Werk ganz«. Sollte ihm diese Zusage nicht gemacht werden können, so bitte er ebenso dringend wie höflich, das eingesandte Manuskript unangesehen zurückzusenden, da er den »Betrieb kenne und keinesfalls gestatten könnte, daß etwaige Nachahmer sich seiner Ideen bemächtigen.«

Drollig war die Wendung in einem Brief: »Unter Verzicht auf das sogenannte Dichterische baute ich rein auf das Gesinnungsmäßige auf« und so sei etwas wie eine proletarische Faustdichtung geworden.

Die Verfasser von pazifistischen Dichtungen schrieben schon viel freundlicher. Man merkte, sie waren für Ausgleich und Versöhnung. Da erfuhr ich von einem »die Idee, daß es menschenunwürdig ist, Menschen für irgendein Interesse zu töten« und ferner versuchte mir dieser selbe Herr klar zu machen, daß »im Grunde genommen überhaupt jeglicher Anlaß zum Dichten nur darin zu suchen sei, zu untersuchen, wie Kriege und Zwistigkeiten unter den einzelnen und den Völkern vermieden werden.«

Offen gestanden, ich verstand oft den Sinn solcher Sätze nicht ganz, denn es war immer nur das Einfachste möglichst kompliziert ausgedrückt. Vor allem habe ich das Wort »Manifestation einer Gesinnung auf der Sprechbühne« hunderte Male in diesen Dichterbriefen vorgefunden. Wiederum war es auffällig, welch' eine Unmenge von guten Ratschlägen erteilt wurden. »Der Proletarier muß auch ethisch zum Marxismus erzogen werden,« oder »Ihr Unternehmen ist der einzige Weg, dem Arbeiter durch das Mittel der Kunst sein Los bewußt zu machen« und »es ist unbedingt notwendig, daß gerade jetzt in München die Arbeiterschaft im Geiste der Revolution zur Kunst hingezogen wird« – was dann stets damit endete, daß der betreffende Dichter sogenannte »Revolutionäre Dichter-Matineen« vorschlug, die zu arrangieren er gerne bereit sei. Manche hatten gleich ganze Programme beigelegt. Selbstverständlich lief alles darauf hinaus, daß der Herr nach Aufführung oder auch vor derselben, aus seinen Werken erst mal lesen wollte. In mir schwirrten tagelang lauter Vorschläge und Fremdwörter und Floskeln im Kopf herum, so daß ich oft keinen guten Gedanken fassen konnte.

Es gab aber auch andere, ganz andere Dichter unter den vielen. Diese stimmten wahre Klagelieder an. Ihre Sätze waren einzige Flehelaute. Es weinte geradezu das schmerzliche Verkanntsein aus diesen Blättern.

»Der Unterzeichnete,« jammerte einer persönlich »hat fünf Jahre an seinem Werk gearbeitet« und schloß, »uns Dichtern bleibt nichts anderes als Golgatha. Sie, Herr Direktor, werden zynisch diesen Brief beiseitlegen und wissen nicht, daß Sie damit einen Dichter auf dem Gewissen haben. Der Mord geschieht unblutig, er ist aber deshalb nicht weniger verdammenswert.«

Ich habe nie wieder so viel angehäufte Anbiederung, so viel Unterwürfigkeit und Speichelleckerei, so viel Größenwahnsinn, aufdringliches Selbstlob, derartig viel verlogene Gefühlsromantik und sentimentales Pathos, so viel Weltfremdheit, widerwärtige Zeitbeeinflussung und Ahnungslosigkeit feststellen können wie in diesen Briefen einer geistigen Elite. Selbst wenn einer Bescheidenheit vortäuschte, spürte man aus jedem Wort die Überheblichkeit heraus. Der Witz, der Humor schienen völlig ausgestorben zu sein in diesen Hirnen. Das war merkwürdig.

Und dann erst die verschiedenen Werke!

Einer – der mit dem proletarischen Faust – ließ Kapitalisten nur als Marionetten auftreten. Ausdrücklich stand die Regiebemerkung dort: »Der Kapitalist, der Fabrikdirektor, der General und der Polizist dürfen nicht von Schauspielern gespielt werden. Man benütze Holzpuppen.«

Das zirka zwanzig Schreibmaschinenseiten lange Vorwort erläuterte nicht etwa das Stück. Es war eine kleine Lebensgeschichte, durchsetzt von Zitaten aus Nietzsche und Tolstoi, aus Dostojewski und – komischerweise – Mörike. Es begann mit folgenden Worten: »In den Argonnen im Jahre des Menschenschlachtens 1915 war es, an einem regnerischen Morgen, als der Mensch sich kraft seiner Vision über alles Elend erhob.«

Es sei der einzige Weg für einen »Geistesmenschen,« so wurde dargelegt, daß er »aus der Synthese Nietzsche-Tolstoi-Dostojewski zum reinen Gemüt Mörikes gelange, ohne dabei die Größe der ersteren zu verlieren.«

Das Stück selber war in Versen geschrieben. Ich brauchte es nicht zu lesen. Es waren allein vierzehn Verwandlungen, außer den Puppen dreiundzwanzig Personen und Volk dazu nötig.

Unvergeßlich blieb mir der Einfall eines Dichters, und zwar eben desjenigen, der seine eigene Regieführung verlangt hatte und sich so vor Nachahmern fürchtete. Dessen Manuskript war in schwerstes Leder gebunden, hatte an den Ecken Beschläge aus goldgelbem Blech und ebensolche Schließen. Es war fein säuberlich in eine Holzschachtel gepackt. Ich nahm es neugierig heraus und wollte es aufschlagen, aber es ging nicht. Jaso, die Schließen. Ich versuchte sie zu öffnen. Aber nein, sie zeigten kleine Schlüssellöcher und waren versperrt. Ich schüttelte hellauf lachend den Kopf. Der Buchhalter schaute herüber und erblickte das Riesenbuch.

»Was ist denn das? Ein Meßbuch?« fragte er.

»Nein–nein! Ein Drama!«

Jetzt auf einmal bemerkte ich, daß droben aus dem schönen Buch ein kleines, schmales Brieflein herausschaute. Ich nahm's heraus und las voller Neugier die Worte: »Falls Interesse, bitte umgehende Rückantwort. Sodann erfolgt Zusendung des Schlüssels. Schriftliche Zusicherung, daß niemand als Direktor und Dramaturg vorläufig das Werk lesen, muß erfolgen. Andernfalls jede Verhandlung unmöglich.«

Mich schüttelte es. Ich reichte Brönnle den Brief. Der verstand erst nicht und fing dann auch zu lachen an. Diesmal mußte ich ihm recht geben, als er sagte, der Mann müsse sicher an Gehirnschwund leiden.

Auch der Direktor mußte später furchtbar lachen. Er meinte, es sei schade für das schöne Leder. Belustigt brummte ich: »Da hätte man mindestens ein paar Schuhe für ein Kind machen können.«

»Jedenfalls läßt sich's der Mann was kosten,« sagte Felber. Ich mußte an Johannes Gutzeit denken. Im Vergleich zu diesen Leuten kam er mir echter vor. Wie eine verstaubte, dennoch liebenswerte Gestalt aus irgendeinem alten, rührenden Hausroman und ein wenig auch wie eine vergessene Figur aus den früheren Witzblättern erschien er mir im Nachdenken.

»Der Gutzeit ist vielleicht doch ein Dichter,« sagte ich nebenher.

»Der? Na, lesen Sie bloß einmal die ersten Szenen. Er wird's ja wieder bringen, sein Stück! Lesen Sie's, dann werden Sie gleich von Ihrem Glauben kuriert sein,« meinte der Direktor. Ich schwor mir innerlich, das zu tun. War es denn auszudenken, daß ein Mensch so alt werden konnte und noch immer seinen Spleen nicht einsah. Vielleicht war er doch ein Dichter! Wer konnte das sagen!

Wieder kam das Unbehagen.

»Aber, mein Lieber, die ›Moral der Frau Dulska‹, das wird eine Sache! Da zeigen wir wieder einmal, was wir können,« sagte der Direktor. Er kam eben von der Probe und schien sehr zufrieden. Er warf einen Blick auf das dicke, ledergebundene, zugesperrte Manuskript und rief in bester Laune: »Und dem? Wissen Sie, was wir dem schreiben? Wir schreiben, auch wir wären überzeugt, daß seine Dichtung sicher viele Nachahmer finden würde, und möchten lieber von der schweren Verantwortung, die er uns durch Erschließung des Manuskriptes aufladen würde, keinen Gebrauch machen.« Er mußte boshaft lachen und wurde noch witziger: »Und schreiben Sie ihm, ein

Beweis, wie ungemein die Plagiatsucht in unserer Zeit verbreitet sei, wäre schon darin zu erblicken, daß wir, seitdem wir sein Stück in einer solchen Aufmachung bekommen hätten, schon mindestens sieben oder acht genau so gebundene und versperrte Manuskripte bekommen haben. Das schreiben Sie. Der Mann wird sicher einen Koller bekommen. Passen Sie auf, der ist imstand' und setzt schon deswegen Detektivinstitute in Bewegung und läßt die Nachahmer feststellen.«

Sofort schrieb ich so.

Schauspieler, Lausbuben und Menschen

Ich habe die Erinnerung an einen alten Schauspieler nie verloren. Ich lernte ihn damals kennen als ich 1917 vom Militär entlassen worden war und kurz darauf eine Aushilfsbeschäftigung als Vorsortierer bei der Hauptpost fand. Da saß er mit mir am gleichen Arbeitstisch, und wir hatten zu zweit das große vielfächerige Regal zu versorgen. Wenn ich eine Schrift auf einer Karte oder auf einem Kuvert nicht entziffern konnte, zeigte ich sie ihm. Er schaute flüchtig drauf und las mir in wenigen Sekunden die Adresse fließend vor. Er sagte nie das Wort, das ich gerade wissen wollte, immer die ganze Adresse. Ich habe ihn auch nie kurz antworten hören, etwa mit »Ja« oder »Nein«. Er sagte stets einen ganzen Satz. Weil mir dies bei ihm auffiel, machte ich ihn einmal darauf aufmerksam und erfuhr dadurch, daß er Schauspieler sei. Er war ein ruhiger Mensch und hatte bereits die Fünfzig hinter sich. Auf der schmächtigen, kleinen Figur saß ein angegrauter, mächtiger Gnomenkopf mit weit wegstehenden Ohren. Das Gesicht war ledergelb und schlaff, aber stets glattrasiert. Offenbar waren ihm die geringsten Bartstoppeln zuwider. Aus den tiefliegenden Höhlen schauten zwei melancholische, dennoch fast kalte graue Augen. Er sprach wenig und wenn man ihn so dahocken sah, mit ewig ernster Miene, hatte man den Eindruck eines alten, mürrischen Kauzes. Es schien auch, als verachte er die Menschen, besonders aber diejenigen, welche augenblicklich seine Umgebung ausmachten. Seine Kleidung war nach altem Schnitt, stets sauber gebürstet und unauffällig einfach. Eine Wochenhälfte lang trug er einen grauschwarzen Anzug, vom Donnerstag ab kam er in gestreifter Hose, Phantasieweste und Bratenrock. Auf der Straße machte er ein eigentümlich altmodisches Bild in seinem weiten, blaugrauen Havelock mit der kurzen Schulterpelerine und dem schwarzen, steifen Hut auf dem Kopf. Er ging etwas nach vorn gebeugt, dennoch gemessen, und von Zeit zu Zeit riß er seine Gestalt immer wieder in eine stramme, gerade Haltung. Die

Leute sahen ihn oftmals verwundert an, einige kicherten auch leicht. Er beachtete niemand.

Ich habe zwei Erlebnisse mit ihm gehabt.

Einmal als ich in das große, helle Pissoir der Hauptpost trat, stand er dicht am Fenster, hatte ein kleines, rundes Taschenspiegelchen in der Hand und betrachtete sich darin. In der anderen Hand hielt er ein abgebranntes Streichholz und bestrich sich damit vorsichtig die Augenbrauen. Als er sich entdeckt sah, wandte er sich um und sagte mit seltsam bitterer Ruhe: »Schauspieler sind Huren. Sie müssen gefallen und treiben die Putzsucht ihr Leben lang.« Ich konnte vor Verwunderung nicht gleich etwas darauf erwidern. Er steckte unterdessen rasch seinen Spiegel in die Westentasche, warf das Streichholz weg, zog etliche Male an seinen vorderen Rockschößen und ging etwas schneller als sonst auf die Türe zu. Dort drehte er sich noch einmal um und sagte mit ironischer Würde: »Entschuldigen Sie, ich habe ganz vergessen, daß ich bei der Post angestellt bin.« Ich glotzte, wollte leicht auflachen, aber er war schon draußen. Hernach am Arbeitstisch saß er wieder mit jener Miene, aus der man deutlich lesen konnte, daß ihm jede Anrede unerwünscht sei. Ich beobachtete ihn ab und zu unvermerkt. Er hatte immer das gleichmäßige Gesicht. Wenn er aufschaute, versuchte ich, seine Augen in mein Blickfeld zu fangen. Er sah mit einer fast bösartigen Absicht weg. Auf einmal machte er eine häßliche Grimasse, als schüttle ihn ein Ekel. Er spuckte gewaltsam und knurrte: »Pfui Spinne!«

Ich sagte nichts. Inwendig belustigte mich diese Grantigkeit. Wir arbeiteten wieder schweigend weiter.

Bald darauf gab ich die Stelle bei der Post auf und hörte nichts mehr von diesem merkwürdigen Menschen.

Als ich einmal morgens die Briefe der engagementlosen Schauspieler durchsah, die nach vakanten Stellen fragten, fielen mir etliche Rollenbilder auf. Ich betrachtete sie genauer und erkannte den Mann von der Hauptpost wieder. Kurz und sachlich bot er sich als Chargenspieler für Dienerrollen an. Aus dem in sympathischer, nachlässig schiefer Schrift abgefaßten Brief erfuhr ich einiges über seinen Werdegang. Er hatte noch beim seligen Joseph Kainz gelernt, viele Jahre in kleinen Provinztheatern Engagements gehabt, war dann am Deutschen Landestheater in Prag, am Josephstädtischen in Wien und am Hoftheater in Karlsruhe gewesen, habe – wie er sich ausdrückte – am Anfang des Krieges »seinen Dienst quittieren müssen und sei erst nach Ausheilung seines Leberleidens in gleicher Eigenschaft an verschiedenen Fronttheatern tätig gewesen.«

Felber sah die Photographien an und las ebenfalls den Brief.

»Hm. Er hat ein interessantes Gesicht. Aber mein Gott, Diener brauchen wir nicht,« sagte er achselzuckend.

»Sie, den kenn' ich. Der war mit mir vor zirka drei Jahren bei der Hauptpost als Vorsortierer,« erzählte ich.

»So. Kann er was, glauben S'?« fragte der Direktor.

Ich mußte schier lachen über diese komische Frage und erzählte bei dieser Gelegenheit die Geschichte im Pissoir von damals.

»Schreiben Sie ihm. Am End' läßt sich was machen mit ihm,« sagte Felber, und ich tat es. Etliche Tage drauf kam Heinrich Wollgast, wie der Mann hieß, auf unser Büro. Er war sichtlich bestürzt, als er mich hier wieder antraf, verbarg dies aber sofort wieder hinter seiner stolzen, verschlossenen Miene.

»Wir kennen uns,« sagte ich, und das schien ihn zu ärgern.

»Ja! Ja, wir hatten schon einmal das Vergnügen, bekannt zu sein miteinander,« sagte er gewählt und abweisend. Ich ließ dieses Thema fallen und meinte nur noch: »Bitte, wollen Sie einstweilen Platz nehmen, der Direktor wird gleich kommen.«

»Danke schön, danke schön, ich stehe ganz gern,« erwiderte er, machte eine kurze, noble Verbeugung, »lassen Sie sich nicht stören.« Er schlug die Hände auf dem Rücken zusammen und tappte hin und her. Ich schielte manchmal auf ihn. Er schien es zu merken, tat aber so, als sei er allein hier. Er hielt den Kopf hoch und sah eigentlich immerzu gerade aus. Er trug noch immer den steifen, schwarzen Hut und seinen graublauen kuriosen Havelock. Auch – wie ich an der Hose feststellen konnte – den grauschwarzen Anzug, genau wie damals. Sein Gesicht war sehr gealtert, und ich wette, daß er nur deshalb seinen Hut aufbehielt, weil es ihm unangenehm war, daß jemand seine grauen Haare sah. Auch als jetzt Felber hereinkam, lüftete er ihn nur ein wenig.

»Habe ich mit Herrn Direktor Felber die Ehre? So! Freut mich sehr. Mein Name ist Wollgast,« sagte er wieder so würdig, drückte Felber weltmännisch vornehm die Hand und ging mit ihm in dessen Zimmer.

Der Buchhalter hob den Kopf und sah mich fragend an. Wahrscheinlich dachte er daran, wie ich ihn wegen der abfälligen Äußerung über Gutzeit seinerzeit angefahren hatte, und wollte nicht wieder eine solche Gereiztheit bei mir erzeugen. Schüchtern sagte er: »Der Herr paßt, glaub' ich, nicht für uns. Der ist, mein ich, viel zu stolz für uns.«

»Und zu alt,« sagte ich. Ich meinte es nicht wörtlich. Wollgast schien mir vielmehr einer jener aussterbenden Mimengestalten zu sein, die ihrem ganzen Lebensgestus und ihrem Denken und Fühlen nach in die Hagestolzenzeit gehörten. Seine hochmütige Verschlossenheit hing sicher mit einer beinahe ererbten Vorstellung zusammen, der Künstler stehe über allem, genau wie der Adelige oder der König. Das konnte selbstverständlich Brönnle nicht verstehen und erwiderte: »Jaja, zu alt ist er auch für uns. Na, wie alt wird der sein, fünfundfünfzig sicher.« »Ja, das ist er gut,« sagte ich ebenso. Ich war gespannt, wie die Unterredung mit dem Direktor hinausginge, und horchte hin und wieder. Durch die verschlossenen Türen konnte man nur ein Gemurmel hören. Endlich kamen die beiden wieder ins Büro zurück. Wollgast hatte noch immer den Hut auf dem Kopf und sagte in herablassendem Ton zu mir: »Meine Rollenbilder schicken Sie bitte an meine Hausfrau zurück. Hier ist die Adresse.« Damit gab er mir eine Visitenkarte, worauf die Anschrift stand. Sein Name war durchgestrichen. Er wandte sich kurz und förmlich an den Direktor, lüpfte den Hut schnell und verabschiedete sich: »Guten Tag, Herr Direktor! Es war mir ein Vergnügen, Sie kennen zu lernen.«

Von uns beiden nahm er keine weitere Notiz und ging zur Türe hinaus.

Felber blieb horchend stehen, bis die Schritte draußen verhallten, bis die Eingangstüre ins Schloß fiel.

»Ein ausgespielter Mann. Tragisch, tragisch sowas,« sagte er.

Etliche Tage später stand in der Zeitung, daß sich ein Schauspieler Wollgast in den Isaranlagen erschossen habe.

Felber, der mir die Notiz zeigte, meinte, sowas sei einen Roman wert. Ich vergegenwärtigte mir noch einmal das Bild dieses Menschen. Ich erinnerte mich an die Worte »Schauspieler sind Huren«, und es rollte gleichsam das ganze Leben dieses Sonderlings vor mir ab: Sohn besserer Eltern mit geringen Mitteln, Schauspielerschüler, Herumgeworfensein in allen möglichen Provinznestern, Not und Elend, immer Dienerrollen, sicher allmählich überzeugt von seiner mangelhaften Begabung, nachdenklich werdend, klüger wie seine erfolgreichen Kollegen, die ihn mit Herablassung behandeln. Er hat Unglück und Pech, die Zeit läuft ihm gewissermaßen unter den Füßen weg, allmählich steigert er sich in Haß und gänzliche Menschenverachtung hinein, wird irgendwie aus der Bahn geworfen und versucht es noch einmal bei uns. Dieses Mißlingen zeigt ihm, daß er überflüssig ist. Er geht ab, stolz und verschlossen, ohne Begründung oder, wie die Zeitung schrieb, »aus unbekannten Motiven«.

Es suchten aber noch ganz andere Leute ein Engagement bei uns. Da lief beispielsweise einmal ein Brief ein, den ich mir notiert habe. Er war von einem Wasserbuben aus dem bekannten Café »Fahrig«. Der Bursch hatte den unwiderstehlichen Drang, Schauspieler zu werden. Ohne viel Umschweife erbot er sich auf folgende Art: »Den hochwohlgebornen Herrn Direktor und die titliche Arbeiterbühne möchte er anfragen, wo man keinen jungen Schauspieler nicht braucht, weil er ein tramatisches Talent hat und schon bei verschitenen Freinden was zum Pesten vorgedragen hat.«

Weiter hieß es: »Unterzeigneter ist bewantert unter Leuten zu verkehren und habe jeden Mittwoch Ausgang. Möchte ersuchen um zwei Uhr forzusprechen bei hochwohlgeboren Herrn Direktor. Unterzeigneter ist 16 Jahre alt und das Getücht, wo ich mitschigge, kann ich auswenig und verschitene ›üb imer Treu und Reeligkejt‹ und ›da trunden in der Müle‹ und noch was.

Unterzeigneter ist flingg und wilig, aber ich habe keine Freide nicht zum Kelnerperuf, weil meine Eltern es wolen bin ich im Kaffee fahrig schon ein Jahr. Aber ich mechde zum Theader und ersuche, wo man mich nicht auffnemen kan. Mechte auch anfragen wie lang die Lerzeid ist und hape einen schenen schwarsen Anzuk und Spordgostim. Zeichnet hochachdent Groll Lorenz. Postlagernd Augustenbost.«

Das beigelegte Gedicht war ein Blatt von einem Abreißkalender. Vorne stand dickgedruckt die Zahl 29, darunter Januar und hinten war ein Vers, den der Briefschreiber mit dicken roten Strichen eingerahmt hatte. Er lautete:

»Flüchte nicht ins Unbehagen.
Immer sei der Lust ein fröhlicher Geselle.
Auch die gute Sonne schenket allen Tagen
ihre lichterlohe Gnadenhelle.«

Dienstmädchen und Köchinnen wandten sich vertrauensvoll an den Direktor und fragten, ob bei der Arbeiterbühne auch dramatische Kräfte ausgebildet würden. Backfische und auch bessere Damen erboten sich als Schülerinnen und Anfängerinnen. Eine Kammerzofe schilderte bewegt ihren bisherigen Lebenslauf und ihre unbezähmbare, heimliche Sehnsucht. »Durch dise villen Leidn bin ich gans tüfsinig und glaupe, das ich trauringe Rolen ausgezeuchned vorpringen kan,« schrieb sie. Über die Männer beklagte sie sich bitter und sie würde keinen »morallischen Lepenswandl nicht füren«, wenn es gleich immer heiße, im Theater »seinen lauters solcherne Schuxen.« Im Gegensatz zu unmoralisch schien ihr schon das Wort moralisch alle sündhafte Schlechtigkeit dieser Welt zu bergen. Sie verfüge, teilte sie ferner mit, über eine schöne, große, volle Figur und viel Haar, habe »lauters lange Zeignissen« und bringe schon die nötigen Toiletten auf, weil sie einen Einblick ins Leben gemacht habe, wie es bei den reichen Leuten zugeht. »Geboren am 17. Juli 1891, Maria Windmoser« stand blankweg unter dem Brief.

Es half gar nichts, den Bewerbern und Bewerberinnen nicht zu antworten. Die menschliche Sehnsucht ist mitunter wie ein aus einem brennenden Stall fliehendes Pferd und kennt keine Hindernisse. Der Wasserbub erschien am Mittwoch punkt zwei Uhr in unserem Büro. Kühn saß der runde, steife schwarze Hut auf seinem Spatzenkopf, kühn und schief, so daß er mit dem Rand das linke Ohr berührte. Einen hohen Diplomatenstehkragen mit einer schwarzen Fliegenkravatte hatte sich der junge Fant umgebunden. Seine großen Hände steckten in gelblichen Handschuhen, und auch ein Stöckchen fehlte nicht. Er hatte ein blasses, sommersprossiges, freches Gesicht und fragte keck nach dem Herrn Direktor. Nicht einmal seinen Hut nahm er ab.

»Der Herr Direktor kommt erst! Was wünschen Sie?« fragte ich.

»Ich möcht' ihm was vortragen. Ich hab' schon geschrieben,« erwiderte der Bub als wollt' er sagen: »Das geht Sie nichts an.«

»Wie heißen Sie?« fragte ich.

»Groll Lorenz,« sagte er rekrutenmäßig, aber nicht etwa respektvoll. Er musterte den Buchhalter und mich wie lästige Subalternbeamte. Kokett tappte er vor uns auf und ab und fuchtelte mit seinem Stöckchen hin und her, ohne uns weiter zu beachten. Als ich ihm anbot, sich zu setzen, sagte er ziemlich wegwerfend: »Ich wart' so, da vergeht die Zeit eher.«

Der Buchhalter bekam einen roten Kopf und schaute zu mir herüber. Ich verzog meine Mundwinkel ein wenig und gab ihm mit den Augen ein leichtverständliches Zeichen. Schon wieder klopfte es.

»Herein!« rief Brönnle. Die Tür öffnete sich zögernd, und ein Fräulein in hellbraunem Kostüm, mit hohen Lackknopfstiefletten, einer Silbertasche und einem großen Filzhut, um den sich schreiend rote Rosen rankten, kam herein. Es war mittelgroß, mollig, hatte ein rundes, rotbackiges Gesicht, lächelte gewinnend und machte einen Knicks.

»Grüß Gott! Mein Name ist Windmoser Maria! Bin ich da recht, Herr Direktor?« sagte sie etwas beklommen und sah mich an.

»Ja, recht sind Sie schon. Der Herr Direktor wird gleich kommen. Wollen Sie einstweilen Platz nehmen,« sagte ich abermals, und wieder machte sie einen Knicks, hauchte »sehr liebenswürdig, ich bin so frei« heraus und setzte sich auf den Stuhl. Der Wasserbub maß sie mit gewiegtem Kellnerblick, etwa wie:»Na, was Sie schon sind!« und brachte auch ihr die verächtlichste Geringschätzung entgegen. Er tappte weiter auf und ab und ließ sich nicht stören. Ich bekam schon langsam eine Wut auf den frechen Bengel, wenngleich mir seine Keckheit auch wieder Spaß machte. Gerade wollte ich ihn fragen, ob er vielleicht meine, unser Büro sei eine Promenade, da kam der Direktor herein. Die Zofe hatte sich hastig erhoben, daß ihr der Hut etwas verrutschte, und machte wieder einen Knicks. Der Bub stellte sich vor sie hin und lüpfte seinen Hut ein wenig.

»Herr Direktor, hier Herr Groll und Fräulein Windmoser möchten anfragen, ob etwas in Anfängern vakant ist,« sagte ich mit gewaltsamem Ernst und verschluckte das Lachen.

»Ja, bitte kommen Sie mit,« sagte Felber, mir einen Wink gebend, und nahm gleich den Groll Lorenz mit in sein Zimmer. Ich folgte.

Wir setzten uns in die knarrenden Korbstühle und Felber schaute auf den Jungen, der sofort seinen Mantel auszog, den Hut abnahm und seinen Stock quer über den Tisch legte. Jetzt stand er also in seinem Wasserbubensmoking vor uns.

»Also, was können Sie?« fragte der Direktor kurzerhand.

»Ich möchte bei Ihnen eintreten,« erwiderte der Bub ohne Scheu.

»Ich hab' Sie doch erst mal gefragt, was Sie können,« wies ihn Felber leicht zurecht.

»Gedichte,« antwortete der Knirps schon um ein weniges eingeschüchtert.

»Also, sprechen Sie mir einmal was vor. Ganz gleich was. Nur daß ich hör', ob Sie's können,« sagte Felber wiederum.

Der Angesprochene stellte sich gerade hin und leierte ohne jede Schüchternheit »Dort drunten in der Mühle« herunter. Das heißt – eigentlich leierte er nicht, er betonte stets das Wort in der Mitte und am Ende einer Zeile, ungefähr so:

»Dort drunten in der Mühle,
saß ich in stiller Ruh', ...«

Das klang ganz merkwürdig, schier wie geschimpft. Schon nach dem zweiten Vers konnten wir das Lachen nicht mehr halten, und der Direktor sagte geschüttelt: »Ja, sagen Sie einmal, was wollen Sie denn damit? Glauben Sie, da kann man Sie brauchen? Sie können ja nicht einmal betonen. Ich mein' immer, es ist besser, Sie gehen wieder in Ihr Café Fahrig. Brauchen S' nichts mehr vorzutragen. Ich hab' mir schon genug gehört. Lassen Sie's nur!«

»Ja, Herr Direktor, das ist mir ganz gleich, wenn Sie mich nicht nehmen, dann geh ich einfach ins Wasser oder ich tu mir was an!« rief jetzt der Junge doch getroffen, und ganz geschmerzt setzte er hinzu: »Nachher haben Sie mich auf dem Gewissen!«

Und da riß denn doch dem geduldigen Direktor die Schnur der Laune. Er hob drohend den Kopf.

»Jetzt gehst aber, gell! Mit solche Sprüch' hörst auf, Hansl, dummer!« rief er und zog die Augenbrauen hinauf.

Aber der Wasserbub gab seinen Nimbus nicht auf. Er war kreidebleich im Gesicht, zog Stirnfalten und stellte sich fester hin.

»Das möcht' ich mir schon verbitten, Herr Direktor! Ich bin kein Lausbub nicht!« sagte er frech. Ich war aufgestanden und hatte die größte Lust, ihm eine Ohrfeige zu geben, aber Felber kam mir zuvor. Im Nu hatte er Mantel, Stock und Hut des Buben genommen, drängte ihm das Zeug auf und fuhr scharf aus sich heraus: »Da! Da, pack bloß Deine Sachen schnell und – marsch! Verschwind! Geh zu! Geh zu! Sonst zieh' ich andere Saiten auf, du Herrgottssakramentslausbub, du nichtsnutziger! Marsch, 'naus da!« Er riß die Türe auf und jetzt, nur eine Sekunde, zitterte der Bursch, wurde blutrot, packte alles hastig und lief weinend und plärrend zur Tür hinaus.

Er ist nicht ins Wasser gegangen, er hat sich auch sonst nichts »angetan«. Ich sah ihn noch lange Zeit im Café Fahrig. Wenn er mir das Wasser bringen mußte, stellte er es mit größter Verachtung hin und würdigte mich keines Blickes.

Die Kammerzofe hatte eigene Gedichte mitgebracht. Rührend trug sie sie vor. Sie wechselte dabei unablässig die Gesichtsfarbe und war ungemein erregt. Sie zitterte ab und zu wie Espenlaub und wir hörten geduldig zu, mit todernsten Mienen. Am Schlusse jedes Gedichts lächelte das Mädchen stets einnehmendst und fragte schüchtern: »Hat's gefallen, Herr Direktor?«

Was ließ sich gegen solche Einfalt machen! Wir nickten stets alle zwei. Es war beinahe ergreifend, als sie stockend und wirklich wehmütig dieses sicher tief erlebte Bekenntnis herausstammelte:

»Ich bin nur eine arme Magd,
muß ewig dienen.
Ich bin indessen unverzagt,
und wenn auch manchmal Tränen rinnen
über meine jungen Wangen,
weil alles hart und traurig war,
ich hab' mich nie an wem vergangen
und bleibe ehrlich Jahr für Jahr.«

Sie hielt inne, heißrot war ihr Gesicht, ihre Brüste hoben und senkten sich in Erregung und wieder lächelte sie und fragte: »Hat's gefallen, Herr – Herr Direktor?«

»Ja,« sagte endlich Felber behutsam, »wissen Sie. Sie haben viel Gefühl, jaja. Wissen Sie! Sie müssen mich recht verstehn, ich mein's Ihnen gut. Da, da fehlt es noch weit. Ich würd' Ihnen raten, versuchen Sie's einmal bei einer Schauspielschule. Oder vielleicht nehmen Sie bei einem Schauspieler Stunden. Ich glaub', Sie würden ganz gut vortragen. Aber, gelln S', das darf Ihnen nicht weh tun, gelln S'. Ich kann Sie natürlich nicht verwenden, denn zum Unterricht haben wir gar keine Zeit, und Schüler können wir hier nicht brauchen, verstehn Sie. Wissen Sie, Theater, das ist etwas ganz anderes.«

Das Mädchen war gar nicht gebrochen, im Gegenteil, hochbeglückt. »Ja–jawohl, jawohl, Herr Direktor, ja–jawohl, ich versteh' schon, jawohl,« sagte es fort und fort und machte einen Knicks nach dem anderen. Man mußte dieses naive, gesunde Geschöpf direkt gern haben.

»Fräulein,« sagte ich jetzt mit aller Freundlichkeit, die ich aufbringen konnte, »Fräulein, die Gedichte sind sehr schön gewesen, aber ich an Ihrer Stelle würd' bald heiraten. Ich glaub', da verliert sich das.«

Und das hatte die schöne Wirkung, daß sie nun alle Schüchternheit verlor und echt menschlich sagte: »Ja, wissen S' Herr, ich möcht' ja schon, aber mein Gott, die Mannsbilder sind halt schon gar nicht verlässig. Meinen S' nicht auch?« Sie zwinkerte fast kokett mit ihren glänzenden Augen und hatte das herrlichste, gefälligste Lachen von der Welt.

»Ja, mein Gott, zu allem gehört Geduld, Fräulein,« spann ich das Gespräch weiter, »zum Dichten, zum Schauspielerwerden und zum Heiraten. Aber ich glaub', Sie wären eine gute Hausfrau und – und es gibt doch auch recht nette Männer.«

»Hja–jaja, schon, schon. Ich kann schon gut kochen. Ich tu den Männern auch nichts weg. Ich habe mir auch was derspart, jaja. Da kriegert einer schon was. Aber wissen S', so auf der Bühne stehn und von allen bewundert werden, das – das muß doch wunderschön sein. Ich möcht's schon auch gern,« meinte sie abermals.

Der Direktor lächelte. Auch er war von dem ungezierten Ding eingenommen.

»Na, wissen Sie was, Fräulein. Wenn Sie wollen, geht's auch! Jetzt versuchen Sie's einmal mit einer Schauspielschule, das heißt natürlich, wenn Sie sich's leisten können und wollen. Und wenn Sie dann weiter sind, kommen Sie wieder und sprechen Sie mir vor. Vielleicht kann ich Ihnen doch noch einmal behilflich sein,« schloß er.

»Ja! Ja! Darf ich, darf ich, Herr Direktor? Besten Dank, besten Dank! Ich bin dann so frei, ich bin so frei. Besten Dank!« haspelte das Mädchen selig heraus, drückte Felber und dann mir die Hand und ging.

Sie hatte jede Woche einmal Ausgang und war an dem Tag stets bei unseren Vorstellungen. Ich grüßte sie und wechselte öfters einige Worte mit ihr. Sie war immer gleich aufgeweckt und heiter. Und wirklich, nach drei Monaten war sie verheiratet mit einem unserer Genossen. Und gut auch noch. Heute ist sie drall und prall und heiter und gesund, hat drei Kinder und lacht manchmal herzhaft über ihr damaliges Vorsprechen.

Theater

Als nach der verfassunggebenden Nationalversammlung in Weimar unsere deutsche Republik halbwegs zusammengekleistert war, traf ich einmal einen mir von früher her bekannten Uniformhändler, der es durch seine Servilität schon im Frieden zum Hoflieferanten gebracht hatte. Er hatte seinen Laden im besten Geschäftsviertel der Stadt und verkaufte, wie er sich stets mit gewissem Stolz auszudrücken pflegte, »alles, was sich für einen repräsentablen Militärsmann gehörte«. So zum Beispiel Helme, Mützen, Säbel, Seitengewehre, Marinedolche, Mäntel, Lackstiefel, Handschuhe, Schützenschnüre, Achselstücke für alle militärischen Ranggrade, Embleme und dergleichen. Dem guten Mann erging es ebenso wie jenem Grabsteinfabrikanten, welcher nach Beendigung des Krieges sein gut florierendes Geschäft ruiniert sah: er erlitt einen passablen Nervenschock, als er erfuhr, daß die siegreiche Entente unsere Militärmacht derart einschränken wolle, und vor allem, weil er annahm, in der Republik höre das schöne Dasein der von ihm belieferten Offiziere völlig auf. Was tat er? Bei Ausbruch der Revolution schloß er seinen Laden und entfernte eiligst das Hoflieferantenwappen auf seinem Auslagefenster. Er begab sich in die Schweiz, erholte sich von seiner offenbaren Erschütterung in Davos, während in München die Rätediktatur herrschte, und kehrte erst wieder zurück, als die Regierungstruppen in der Stadt »Ruhe und Ordnung« hergestellt hatten. »Der Pflicht gehorchend, nicht dem eigenen Trieb«, öffnete er sofort seinen Laden wieder und konnte unbehelligt seine Geschäfte machen. Nach zirka zwei Wochen klebte auch das stolze Hoflieferantenwappen wieder auf seinem Auslagefenster.

Diesen Mann also, der gern Schach spielte und im Caféhaus als witziger Unterhalter einigen Ruf hatte, fragte ich eines Tages in jener Zeit, was nun eigentlich die Herren Offiziere zu tun gedächten, ob sie der Republik genau so dienten wie der Monarchie, oder ob sie etwa größtenteils bürgerliche Berufe ergriffen.

Der Mann schaute mich beinahe verständnislos an und gab mir folgende Aufklärung: »Ein Offizier bleibt immer Soldat. Alles andere schert ihn nichts.«

Ich verstand nicht und fragte erstaunt: »Soldat, ob Königreich oder Republik? Ja, wie verhält sich denn das? Wie läßt sich denn sowas mit der Ehre eines königstreuen Offiziers vereinbaren? Er gab seinen Schwur dem König und jetzt schwört er ebenso leichtfertig auf die Republik? Das ist mir nicht recht verständlich.«

Der Mann blinzelte luchshaft herum und stellte fest, daß ihn keiner weiter hörte, dann beugte er sich tiefer in den Tisch und sagte halblaut zu mir: »Ich will Ihnen was sagen. Ein Offizier will nichts anderes als avancieren. Wenn diese Möglichkeit in der Republik gegeben ist, erklärt er sich für sie. Tut sie das nicht, kann er nicht von Rang zu Rang klettern, ist er ihr Feind. Das ist das ganze Geheimnis. Ich bin Geschäftsmann, ich sollt's eigentlich nicht sagen, aber, mein Gott, man hat manchmal menschliche Momente.«

Er lächelte, ich lächelte und merkte mir diese durch Erfahrung gewonnene Erkenntnis eines gewiegten Geschäftsmannes.

Warum ich das erzähle? Weil ich in meinem ganzen bisherigen Leben keine Menschenklasse wieder kennen gelernt habe, die dem Offizier mehr gleicht, als der Schauspieler. Der Unterschied – so wenigstens konnte ich hundertmal beobachten – ist nur der: Der Offizier strebt nach einem höheren Rang, der Schauspieler ewig nach besseren Rollen. Weiter kümmert ihn nichts. Die Klügsten davon erkennen das auch tief zu innerst und schweigen, die Dummen verraten ihre Gesinnungslosigkeit, ihren völligen Mangel an Ehre bei jeder Gelegenheit auf die drolligste Art und Weise. Allerdings ist auch ebenso richtig, daß eine solche Veranlagung zur Natur ihres Berufes gehört, wie auch das, daß sie zum größten Teil kein Verständnis für wirkliche Dichtwerke haben. Was fragt ein Schauspieler oder eine Schauspielerin, wenn der Direktor oder Dramaturg von einem neu vorgeschlagenen Stück erzählt, am allerersten?

»Ist eine Rolle für mich drinnen?« fragt er. Damit ist sein ganzes Verhältnis zur Dichtung gekennzeichnet. Sicher wissen das auch die erfolgreichen Dramenverfertiger genau und richten sich danach.

Genug, mehr wie genug davon!

Nach außen hin machte alles den Eindruck, als stehe unsere Neue Bühne auf festem Grund. Das Unternehmen gewann durch unsere unermüdliche Werbung und durch die hohen künstlerischen Leistungen nicht nur bei den Arbeitern mehr und mehr Vertrauen. Täglich meldeten sich Leute aller Stände, zahlten von ihren Wochenlöhnen oder Ersparnissen zwanzig Mark ein und bekamen einen »Anteilschein«. Damit waren sie Mitglieder, stimmberechtigt bei den Beschlüssen der jährlichen Generalversammlung und bekamen die Eintrittskarten zu den Vorstellungen zu verbilligten Preisen.

Aufwärts ging es in jeder Hinsicht. Unsere jeweiligen Anschläge klebten neben denjenigen der anderen Bühnen an den Litfaßsäulen und wurden immer mehr beachtet. Die Zeitungen aller Richtungen brachten unsere Mitteilungen und Vornotizen, die Kritiker befaßten sich nach und nach viel ernstlicher mit dem aufstrebenden Werk. Sie konnten nicht mehr recht viel aussetzen. Wenngleich die Primitivität unseres Theatersaales und unserer Bühne jedem Besucher ins Auge fallen mußte, gab es doch die besten Aufführungen. Jetzt schrieben die Herren Rezensenten schon nicht mehr so gönnerhaft von dem »ob seiner Originalität liebenswerten Arbeitertheater in der Senefelderstraße«, jetzt war in ihren Berichten nur noch ganz selten die Rede »von dem Unternehmen der kommunistisch gesinnten Arbeiterschaft«. Es ereignete sich sogar manchmal, daß diese Kunstverständigen das hohe Niveau unseres Spielplanes gegen andere längst anerkannte Theater der Stadt ins Treffen führten. Mit einem Wort, wir waren aufgenommen in den Reigen der ernstzunehmenden Bühnen.

Dieses Verdienst mußte jeder unserem Direktor Eugen Felber zuerkennen. Er leistete mit dem, was ihm zur Verfügung stand, wahrhaft Bewunderungswürdiges. Es gab kaum je eine schlechte Aufführung und nie einen Fehlgriff in der Besetzung der Rollen. Selbst wo er experimentierte, war er instinktsicher und kühn. Strindberg und Hauptmann, Anzengruber und Wildgans spielten wir, von den Klassikern Schiller, Reinhold Max Lenz und Nestroy; das Volksstück und das soziale Drama waren in unserem Repertoire ebenso vertreten, wie das bessere Lustspiel. Müller-Schlössers »Schneider Wibbel«, Arno Holzens und Jerschkes »Büchsel« und Rudolf Greinz' »Turnbacherin« kamen bei uns mustergültig heraus, daneben die sozialen Dramen »Nachtasyl« von Gorki und Emil Rosenows »Kater Lampe«. Ganz junge, fast unbekannte Dichter jener Zeit, wie Herbert Kranz mit seiner »Freiheit«, Rudolph Leonhardt mit der »Vorhölle«, Ullrich Steindorff mit »Die Befreiten« und der Münchner Eugen Diem mit einem unveröffentlichten, melancholischen Einakter erlebten bei uns erfolgreiche Uraufführungen. Eine Glanzleistung, die in der Presse besonderen Widerhall fand, war die Aufführung von Georg Kaisers »Von Morgens bis Mitternacht« mit dem lauten, berserkerisch verkrampften Alexander Granach in der Hauptrolle. Dessen Stern ging damals gerade auf, nachdem er kurz vorher im Münchner Schauspielhaus einen Wedekind-Zyklus absolviert hatte. Er schrie derart, daß unser kleiner Theaterraum fast erzitterte, er sprang, machte manirierte Gesten und schäumte vor Temperament. Damals war auch gerade der sogenannte »vitale Schauspieler«, die Kraftnatur, Mode. Weiß Gott, mir kam diese Schauspielerei mehr als eine Verstellung des spielenden Künstlers vor und sollte doch etwas ganz anderes sein, nämlich die Enthüllung eines Dichtwerkes. Granach jedenfalls war mehr erschreckend als gut.

Ibsen und Turgenjew spielten wir und zwischenhinein immer wieder einmal Rittner oder die Zapolska.

Nichts als ein angesehenes, wertvolles Theater wollte der Direktor aufrichten. Er hatte die Zusammenfassung der Arbeiter, deren Mithilfe, den Mitgliederapparat immer mehr oder weniger als Mittel zum Zweck angesehen. Ganz etwas anderes aber war das Unternehmen für diejenigen, die es sozusagen stabil gemacht hatten. Für sie war es ein nach außen hin wirkendes Beispiel. Die Wackeren, die unentwegten Kämpfer, welche auf ein so wenig verlockendes Wagnis eingegangen waren, sahen an ihrem gemeinschaftlich geschaffenen Werk auf einmal, daß sie auch ohne Parteireden, ohne Protestversammlungen und Demonstrationen von einer ganz anderen Seite her auf die Zaghaften und Zweifler zu wirken imstande waren. Ohne ausgesprochen politisch zu sein, diente also die Neue Bühne doch einem politischen Zweck. Wenigstens im Gefühl und in den Augen der Arbeiter. Die Richtigkeit des Satzes: Vereintes Einsetzen führt zum Ziel! wurde jedem klarer. Nach alle den Niederschlägen der letzten Jahre schien hier etwas zu gelingen, das ganz dazu angetan war, das verloren gegangene Selbstbewußtsein und den erstorbenen Optimismus der Genossen zu stärken. Das war das Große an dieser kleinen Arbeiterbühne.

Ich konnte also mit Recht bei einer Einführungsrede einmal sagen: »Nicht darauf kommt es uns, kam es uns überhaupt jemals an, die fünf oder sechs Theater unserer Stadt um ein neues zu vermehren. Nein, wir waren uns bewußt, als wir dieses Unternehmen schufen, daß etwas anderes, etwas völlig anderes geschaffen werden mußte: Eine Bühne, ein Kunstinstitut für den proletarischen Menschen schlechthin!«

Die Schauspieler ärgerten sich schon immer, weil ich so viel von »Arbeiterbühne« redete, die Arbeiter hingegen verstanden mich nur zu gut. Ehrhart sagte instinktiv das Richtige: »Wenn dieses Werk zusammenbricht, Oskar, nachher kriegt man keinen einzigen Arbeiter mehr zu etwas ähnlichem. Dann ist's aus! Alle werden mißtrauisch und indifferent.«

Gerade damals nämlich, als alle glaubten, wunder wie gut und fest wir stünden, gab es die allermühevollsten und härtesten Kämpfe. Gerade damals schien es bedrohlich zu wanken.

Abgesehen davon, daß das Geld nicht hin und nicht her langte, kristallisierten sich gerade damals zwei Richtungen ganz deutlich heraus. Die Arbeiter standen auf meinem Standpunkt, der ja nichts weiter als der ihrige war, die Schauspieler auf einem ganz anderen. Sie waren auf nichts bedacht, als auf die Erhaschung besserer Rollen und Erzwingung besserer Gagen. Das wäre ja schließlich noch alles verständlich gewesen, denn jeder Mensch ist bestrebt, immer auskömmlicher entlohnt zu werden und eine bessere Beschäftigung zu bekommen. Das Widerwärtige war aber dies: Alle diese Herren schämten sich fast, bei einer »Arbeiterbühne« zu sein, und betrachteten das stets als eine Art Durchgangsstation. Vor dem Vertragsabschluß waren diese Herren und Damen komischerweise alle Sozialisten, kaum aber waren sie fest engagiert, trat die offensichtlichste Wandlung bei ihnen zu Tage. Mit dem weibischen Instinkt, der von jeher den Mimen kennzeichnet, erschnüffelten sie sehr bald, wie unsicher wir standen. Nun traten sie auf wie die eigentlichen Herren des Hauses. Sie intrigierten beim Vorstand gegen den Direktor und umgekehrt, sie sahen jeden Genossen von oben herab an, sie brachten durch ihre Ränke- und Klatschsucht alles durcheinander. Dünkelhaft, überheblich und strohdumm waren sie durch die Bank. Der Dünkel kam von ihrer Fachbesessenheit, die Überheblichkeit schien daher zu kommen, weil sie glaubten, bessere Menschen zu sein, und Dummheit ist, nach meiner eingehenden Wahrnehmung, mit wenigen Ausnahmen bei den Schauspielern so verbreitet wie die Eitelkeit. Das ist wohl immer so, wenn jemand nur seine Rollte sieht, kann man menschliche Eigenschaften nicht von ihm verlangen.

In der Stadt verbreitete sich das Gerücht: »Die Neue Bühne liegt in den letzten Zügen!«

Wir dementierten nicht. Dementis sind immer nur eine versteckte Bestätigung. Es stellte sich bald heraus, daß die Schauspieler das ausgestreut hatten. Ehrhart kam eines Tages daher und wollte mich bereden, einen jämmerlichen Schwank dem Direktor zur Aufführung zu empfehlen. Er war hartnäckig, er verlangte es zuletzt direkt von mir. Ich sprach mit Felber. Der schaute auf das Buch und sagte: »Aha, jaja, das haben ihm die Schauspieler eingeschwatzt!«

Es gab harte Auseinandersetzungen, bis wir beide den Vorstand, der ja weiter nichts wollte, als eine Behebung unserer Misere, bis wir also diesen guten, besorgten Mann umstimmten.

Es ist etwas Fürchterliches um den Respekt, den der Prolet einem Bessergekleideten, scheinbar Gebildeten, zollt. Hundert- und aberhundertmal erlebte ich dies. Mein Ärger floß nicht selten über. Ich fing zu poltern an: »Herrgottsakrament! Wer hat die Neue Bühne gemacht? Ihr oder diese Gecken? Wer opfert denn? Ihr! Und wer lebt davon? Die Schauspieler! Habt Ihr schon einen Sozialisten drunter gesehen? Opfert einer vielleicht auch nur ein einziges Mal einen Teil von seiner Gage zugunsten des Unternehmens? Keiner! Himmelkreuzkruzifix! Euch gehört die Neue Bühne! Ihr seid die Herren! Nicht diese schwatzhaften Hohlköpfe!«

»Jaja, jaja, schon, schon. Aber so muß man auch wieder nicht reden!« meinte dann meistens so ein gutmütiger Genosse, »spielen tun's aber doch gut. Nein–nein, da drauf laß ich nichts kommen!«

Ich wurde noch wütender. Ich wollte erklären. Ich schloß schließlich: Wie lange wird's erst hergehen, bis der Arbeiter erkennt, daß er ein Mensch ist wie jeder andere! Mein Gott, da braucht's, glaub ich, noch zehn Revolutionen!«

Da klopfte es. Herein kam der jugendliche Liebhaber unsere Bühne. Es war der Monatserste. Der kleine, zurechtgepflegte Mann wollte seine Gage.

Ratlos stand Ehrhart da, wütend blickte ich auf den Gecken, benommen sagte Brönnle: »Es ist noch kein Geld da, Herr Arndt! Morgen vielleicht!«

Der Liebhaber zog eine verächtliche Miene: »Hm. Und ich? Ich soll bis dahin von der Luft leben?«

»Also. Ich mein', wir haben doch immer geschaut, daß das Geld bald da ist,« sagte Ehrhart kleinlaut. Er ging besorgt. Er rannte herum, er ertrug lieber Zurechtweisungen im Dienst, nur damit er wieder von irgendeinem Genossen Geld zu leihen bekam zur Auszahlung der Gagen. Sein ganzes, sauer erspartes Vermögen hatte er geopfert. Er machte auch noch Schulden.

Kaum war er draußen, fing der Schauspieler ganz anders an: »Na, schöne Pleitefirma das. Da geh ich ja gleich lieber zu einer Schmiere!«

»Morgen kriegen Sie bestimmt was,« beteuerte der Buchhalter abermals.

»Ich brauch's aber doch! Mensch, so macht doch Euer'n Laden zu, wenn Ihr die Schauspieler nicht zahlen könnt!« erdreistete sich der Herr.

In mir kochte alles. Aber ich schwieg.

»Also morgen, morgen, ganz gewiß!« rief Brönnle wiederum.

»Na ich will's hoff'n!« gab der Mann hochnäsig zurück und ging.

Die jammerte, der polterte. Jeder murrte, wenn nicht bezahlt werden konnte.

»Da schindet man sich den ganzen Monat ab für die leeren Häuser und kriegt noch kein Geld auch!« brummte der Bonvivant.

Und dann liefen sie wieder hin und her und erteilten den naiven Vorstandsmitgliedern ihre wohlmeinenden Ratschläge. Die ältesten, abgeklappertsten Schwänke empfahlen sie, nur weil Rollen für sie drinnen waren.

Und außerdem, Schauspieler findet man nicht von heut' auf morgen, besonders wenn ein Stück schon so halbwegs »steht«. Was taten diese »Mithelfer gegen Gage«?

Sie warteten den gegebenen Zeitpunkt ab und wurden auf einmal renitent. Der war ärgerlich, weil man ihm die gewünschte Rolle nicht gegeben hatte, und streikte plötzlich, meldete sich krank oder sagte es ganz offen heraus: »Ich pfeife auf alles! Ich bin kein Kuli!«

Es gab die heftigsten Auseinandersetzungen. Felber kam oft völlig zermürbt herauf. Kraft und Nerven hatte er geopfert. Nun durchkreuzte ein Mann alles und gleich machten die anderen mit.

Einmal gingen sie drunten auf der Bühne auf einander los. Felber kam totenbleich herauf. Die Schauspieler waren weg.

Einmal entstand ein heftiger Streit, kurz vor der Vorstellung. Eine kränkliche, sehr angesehene Schauspielerin gastierte bei uns. Sie hatte ein höllisches Blasenleiden und bat, ihren Nachttopf in die Garderobe mitnehmen zu dürfen. Der Direktor hielt eine Umfrage. Alle Schauspielerinnen gewährten gnädig. Nun war aber die Herrengarderobe von der der Damen nur durch eine schwache Bretterwand getrennt. Ließ nun die alte Schauspielerin Wasser, so hörten es die Herren und machten dumme Witze. Darob ärgerliche Entgegnungen. Schließlich legte sich die Unglückliche Watte in den Topf. Aber das Gespött hörte nicht auf. Einige Schauspieler verschworen sich und taten ein Brausepulver in den Topf. Es gab einen furchtbaren Krach, nachdem die Dame ihre Verrichtung gemacht hatte, und nur mit Mühe und Not konnte gespielt werden.

Ein Schauspieler hatte auf den jugendlichen Liebhaber einen heimlichen Haß wegen Rollenneid. Bei Gorkis »Nachtasyl« hatte der letztere eine Flasche auszutrinken. Er hielt sie an die Lippen, machte einen Zug und spie alles heraus. Es war Urin. Diese Szene wurde, da das Publikum nichts ahnte, als humoristische »Einlage« aufgenommen und es gab für den jungen Liebhaber auf offener Bühne Beifall. Das rettete die Aufführung.

Ein alter, verstaubter Komödiant hatte einen einflußreichen Genossen kennen gelernt und schwärmte ihm groß und breit vor, welche Sehnsucht er hätte, gerade bei unserer Arbeiterbühne einmal zu spielen. Der Genosse holte Ehrhart, holte noch etliche Freunde. Der Komödiant fand gastweise bei uns Beschäftigung. Er war devot beim Direktor, spielte allüberall den aufrichtig Besorgten. »Ja–hja, dieses Werk, nein–nein, Herr Vorstand, dieses Werk darf nicht untergehen! Nein–nein, da muß jeder helfen, wo er kann!« hörte ich ihn einmal zu Ehrhart sagen. Früher einmal war er an irgendeiner obskuren Hofbühne gewesen und erzählte das jedem bei jeder Gelegenheit. Das imponierte einigen Genossen ausnehmend. »Das ist ein feiner Mann. Das sieht man, daß der einmal bessere Tage gesehen hat,« äußerte der Kassier Sandmeister in bezug auf den Herrn Hofschauspieler einmal Brönnle gegenüber.

Der alte Komödiant schnüffelte mit Bedacht herum. Ihn interessierten die Schauspieler nicht. Er gab sich als Freund der Arbeiter. Mit List und herablassender Offenheit unterhielt er sich mit diesen und war bald beliebt. Er verstand es ausgezeichnet, uralte Witze mit seinem früheren Leben zu verquicken, und saß jeden Abend nach der Vorstellung vorne in der Wirtschaft am Tisch der Vorstandsmitglieder. Da erfuhr er alles Mögliche und richtete seine Pläne darnach ein. Einmal kam man wieder ins Gespräch. Der Antisemitismus blühte gerade und selbstredend schnitt der Herr Hofschauspieler dieses Thema an.

»Jetzt, ich sag' so viel, die Juden sind eigentlich an unserm Elend schuld,« sagte der Wackere zu einem Genossen, »der Jud' ist so: Er läßt die anderen ins Verderben rennen, dann sagt er schnell Halt! Und gleich heißt's, was das für ein guter Freund des Volkes ist, und nachher macht er's Geschäft!«

Dummerweise aber hatte er sich die Leute, zu denen er also sprach, nicht richtig angesehen. Einer unserer radikalsten Genossen, namens Alois Holzapfel, saß dabei. Er fuhr dem Mann nicht über den Mund. Er ließ ihn erst einmal ruhig ausreden und stieß den Betriebsrat Metzger mit dem Fuß unterm Tisch. Der fette, asthmatische Mime kam durch die scheinbare Widerspruchslosigkeit der Zuhörer ins Feuer und posaunte mit dem vollsten Brustton seiner Überzeugungstüchtigkeit wahre Verdammungsflüche gegen die Juden heraus.

Da auf einmal, bei einer Atempause, hob Holzapfel den Kopf und musterte den Fettwanst von unten bis oben.

»Jaa,« fing er alsdann gedehnt an, »wie haben wir's denn, Herr Hofschauspieler? Wo haben Sie denn diese schönen Weisheiten her? Hat man Sie vielleicht gar von der anderen Seite zu uns hergeschickt, damit Sie uns Ihren Blödsinn vorsetzen können? Warum spielen Sie denn nicht bei den Leuten? Ich bin beim Aufsichtsrat und werd' Ihre wunderbare Gesinnung einmal vorbringen.«

Der vor einigen Augenblicken noch so kühn gewesene Komödiant wurde jetzt kreidebleich und fing sogleich winselnd zu plappern an: »Aber um Gotteswill'n, Herr Holzapfel, um Gotteswill'n! Sie werden doch dieses harmlose Biertischgespräch nicht an die große Glock'n hängen! Wir sind doch alle Menschen! Ich hab' doch bloß meine Meinung gesagt! Nein–nein, ich bin gar nicht gegen die Juden, nein–nein, ich möcht' nichts gesagt haben.«

Da lachten die Genossen hellauf und Holzapfel rief: »Sie! Herr Hofschauspieler? Sie! Das sollten S' jetzt eigentlich gleich spielen!«

»Was denn?« fragte der Angesprochene verwirrt.

»No, Ihren schnellen Gesinnungswechsel, wenn's um den Diri-Dari (Geld) geht!« erwiderte der Genosse Alois. Der Schauspieler machte ein bedeppertes Gesicht, zahlte und ging.

Von da ab hielt er's für besser, nicht mehr in die Wirtschaft zu kommen.

Holzapfel erzählte mir am anderen Tag von dem Gespräch. Ich merkte mir die Gesinnung dieses Wanstes genau. Ich schwor mir, ihm ein Schnippchen zu schlagen. Jeden Tag holte sich der Mann, wie er sich ausdrückte, die »Gastgage« auf dem Büro. Einmal war gerade unser Genosse Hausschreiner, namens Bzdrenger, zugegen und fragte auch nach Geld. Als Brönnle ihn vertröstete, antwortete dieser ohne weiteres: »Nun ja, dann wart' ich halt. Wir haben ja schon oft länger gewartet.« Der Hofschauspieler, welcher hinter ihm stand, machte ein höchst fatales Gesicht.

»Ja, haben S' für mich auch nichts, Herr Buchhalter! Für mich auch nicht?« fragte er verlegen.

»Nein. Leider nicht. Gar nichts ist da! Nicht ein roter Heller bis jetzt!« erwiderte Brönnle.

Der dicke, aufgeschwemmte Mime wurde gänzlich weinerlich und jammerte in einem fort: »Ja was tu ich denn? Was mach' ich denn? Man ist doch so auf jeden Pfennig angewiesen!«

Da wandte ich mich mit größter Ernsthaftigkeit an den Mann und rief boshaft: »Ja, mein Gott, wissen S' Herr Hofschauspieler, die Christen zahlen nie so pünktlich wie die Juden. Bei denen ist das nicht eingeführt!« Und ehe der Alte etwas darauf erwidern konnte, setzte ich mit bestgespielter Arglosigkeit hinzu: »Aber soviel ich jetzt gehört habe, kriegen wir demnächst zwei schwerreiche Juden als Teilhaber 'rein. Da werden S' schauen, wie schnell Sie da allemal Ihre Gage kriegen!«

Sofort verstand der Verspottete, verstellte sich aber wunderbar und sagte mit drolliger Scheinheiligkeit: »Jaja, das wär' zu wünschen, daß dieser Bühne geholfen wird! Das ist wirklich zu wünschen! Da gratulier' ich jetzt schon!«

Höhnisch verbeugte ich den Kopf: »Besten Dank, besten Dank, Herr Hofschauspieler! Besten Dank!«

Und nachdem ihm Brönnle abermals versichert hatte, es sei nichts da, zog der Alte mit den wehmütigen Worten ab: »Hoffentlich lassen die Teilhaber nicht mehr zu lang warten auf sich! Hoffentlich!«

Hellauf lachte ich, als er draußen war.

Buntes Allerlei

Ich lobte natürlich jedes Stück, das wir aufführten, stets über den Schellenkönig. In meinen Vorreden oder in den Einführungen für die Arbeiterzeitungen nannte ich die jeweiligen Verfasser solcher Dramen oder Lustspiele stets echte, wahre Dichter. Freilich war ich davon nicht immer überzeugt, aber man konnte doch nicht sagen, das von uns Gebotene sei schlecht, sei flaches Zeug oder gar aufgelegter Mist. Jeder Kaufmann preist seine Ware als die beste, jeder Politiker lobt seine Politik, und jeder Parteimensch himmelt sein Parteiprogramm als das einzig richtige an. Warum also sollte ich anders verfahren, insbesondere wenn man bedachte, was davon abhing. Und schließlich war es doch auch so: Wir waren gewissermaßen an Händen und Füßen gebunden, mußten tausend mißliche Schwierigkeiten überwinden und nicht immer angenehme Kompromisse machen, um mit dem, was uns zur Verfügung stand, auszukommen; auf der einen Seite stand die latente Geldnot, die uns Beschränkungen aller Art aufzwang, auf der anderen Seite waren es die wenigen Schauspieler, die wir verwenden durften, endlich drittens mußten wir uns an unser Publikum halten, an unsere Mitglieder.

Trotzdem, trotzalledem, waren auch nicht immer echte Dichterwerke auf unserem Spielplan, die Aufführungen entschädigen dafür. Sie waren, wie selbst der verbissenste Gegner anerkennen mußte, meistens besser als wo anders.

Und dieser eine Trost stand immer und immer vor uns: Das Resultat gibt den Ausschlag, das Ziel ist das Wichtige.

Die Zeitungskritiker indessen waren gar nicht einverstanden mit meinen Einführungen. Besonders ärgerlich wurden sie jedesmal, wenn ich mit der Bezeichnung »ein echter Dichter« so leichtfertig umging. In dieser Hinsicht verstanden diese federgewandten Herren keinen Spaß, da schienen sie die überzeugtesten Moralisten zu sein. Es kam nicht selten vor, daß sich ein solcher wackerer Mann, nachdem er meine Vorrede gehört und das Stück gesehen hatte, hinsetzte und im Spaltenbereich seines Blattes breit und eindringlich, gewaltig tiefsinnig und mit einem fast drolligen Aufwand von Dialektik den Begriff »Dichtung und Dichter« definierte. Dadurch kam dann das Lob über die Aufführung zu kurz weg, und die Schauspieler fanden kaum eine Erwähnung ihrer werten Person. Das hinwiederum machte sie böswillig gegen mich, nur wußten sie nicht, wie mir beizukommen war, denn ich kam kaum mit ihnen in Berührung.

Ein ziemlicher Erfolg für uns war die schon erwähnte Komödie der Gabriella Zapolska »Die Moral der Frau Dulska«. Ich, der ich neuerdings wieder sehr oft vom Souffleurkasten herunter das Publikum zu belehren hatte, sagte in meiner Rede ungefähr folgenden Satz: »Und verehrte Anwesende, sehen Sie sich die Verkommenheit dieses von einer echten, hellsichtigen Dichterin gestalteten scheinbaren Idylls genau an, und Sie werden gewahr, welche morschen Abgründe diese Bürgerwelt birgt. Hinter diesem echten Abbild steht die drohende, unausgesprochene Tendenz der Verfasserin: Die Bourgeoisie muß untergehen!«

Die Kritiker waren empört, auf einmal wieder solche Töne zu hören. An der Aufführung konnten sie nichts aussetzen, das Stück hingegen nannten sie allesamt »einen Reißer« und mich »einen wirren Agitator, der unter allen Umständen aus jedem Motiv etwas für die kommunistische Propaganda heraustüftle«. Der Direktor machte ein saures Gesicht und sagte nichts, die Schauspieler triumphierten heimlich, und ich brauchte wieder eine Zeit lang nicht reden. Wenigstens im Theatersaal, in den Betriebs- und sonstigen Arbeiterversammlungen mußte ich um jene Zeit um so mehr werben.

Die »Dulska« spielte Frau Lisa Gerstenberg von den Münchner Kammerspielen als Gast. Sie brachte das schreiend Zänkische, unnachgiebig Abgebrühte dieser verlotterten Kleinbürgerin so überzeugend heraus, daß nicht wenige meinen Genossen mir heimlich zuflüsterten: »Du, mit derer möcht' ich nichts zu tun haben! Die, mein ich, ist eine Bißgurrn (Zange), wie sie im Buch steht!«

Sie waren nicht davon abzubringen, selbst wenn ich ihnen hundertmal erklärte, daß das doch nur alles Spiel sei.

»Ah! Geh mir zu! Geh mir zu! Spiel? Jaja, wahr ist's schon, sie bringt's raus wie keine zweite, aber wenn s' nicht selber so wär', könnt' sie's doch gar nicht so spielen. Geh mir zu! Geh mir zu!« entgegnete mir auch Ehrhart und setzte hinzu: »Die ist ein richtiger Hausdrachen. Ihr Mann möcht' ich nicht sein!« Trotzdem, das mit dem Untergang der Bourgeoisie ging ihm ein. Zufrieden sagte er stets: »Ganz recht hast, Oskar, sowas kann sich nicht mehr halten. Das muß untergehen!«

Ein antisemitischer Rezensent schrieb nach der Aufführung, daß gerade diese Wahl eines »östlichen Stückes« deutlich zeige, wie jüdisch orientiert die Arbeiterbühne sei. Gleich sprang ein uns unbekannter Literat ein und schrieb eine Entgegnung, daß die Zapolska keine Jüdin sei und aus ältestem polnischen Adel stamme. Das hatte eine seltsame Wirkung. Daraufhin nämlich ließen sich auffallend viele Antisemiten als Mitglieder bei uns aufnehmen und versuchten während der Pausen und wo es sonst ging, unsere Genossen durch ihr Gerede zu beeinflussen. Sie irrten aber, denn gerade unser Stamm war unbeugsam in der Gesinnung und Verfolgung der proletarischen Ideen.

Schmunzelnd sagte Holzapfel zu mir: »Jetzt sind s' in die Mausefalle gegangen. Sie haben bezahlt und müssen uns unterstützen. Saudumme Hunde, das!«

»Vorsicht! Vorsicht!« sagte ich. »Paß auf, die arbeiten schon noch ganz anders! Da gibt's noch allerhand!«

»Wie das? Das versteh' ich nicht!« entgegnete mein Kamerad und sah mich staunend an.

»Jedes Mitglied hat Stimmrecht! Warten wir einmal, bis die nächste Generalversammlung kommt. Da wirst du gleich sehen, was kommt!« belehrte ich ihn.

»Dann gibt es kein anderes Mittel, als die Kerle wieder hinauszuekeln,« meinte er.

»Das ging ja, aber wir haben ein Statut! Das ist's,« wandte ich ein.

Der kleine Genosse mit dem entschlossenen, aufgeweckten Gesicht furchte die Stirn und schien nachzudenken. Er war vom linken Flügel unserer Vorstandschaft und verlangte immer wieder, bei jeder Gelegenheit, eine rein proletarische Bühne. Dem Direktor war er ein Dorn im Auge. Oft und oft gab es hitzige Auseinandersetzungen. Aber der Genosse ließ sich nicht abschrecken. Er wurde in den Bayrischen Motorenwerken zum Betriebsrat gewählt und brachte die ganze Arbeiterschaft, dazu, jeden Monat zwei geschlossene Vorstellungen zu kaufen. Er warb, wo er stand und ging, für das Werk.

Wunderbar war, wie er das damalige Ansammlungsverbot umging.

Zweimal gelang ihm, die Arbeiter seines Betriebes an der Ecke Senefelderstraße, etwas fünfhundert Schritt weit vom Eingang der Neuen Bühne, in Reih und Glied aufzustellen. »Los!« rief er und der Vordermann entfaltete die rote Fahne. Im Eilschritt marschierte der Zug dahin und verschwand, ehe die paar Schutzleute dazukamen, im großen Tor, das zum Hof führte. Dort wurde die Fahne rasch zusammengerollt und alles rannte in den Saal. Bedeppt entfernten sich die Polizisten.

Der Direktor raufte sich die Haare, wieder gab es Streitigkeiten mit dem Genossen. Der aber stellte sich breit hin und rief unnachgiebig: »Die Neue Bühne gehört uns! Gut, wir lassen's, aber dann bring' ich eben keine geschlossenen Vorstellungen mehr zusammen!«

Dagegen war der Direktor ohnmächtig. Mich begeisterte dies alles. Überhaupt, gerade an solch kleinen Beispielen sah ich immer wieder, wie der gesunkene Mut der Genossen stieg. Was bei mir so beinahe komisch begonnen hatte, wurde allgemach ernste Aufgabe. Ich wuchs in die gemeinsame Sache. Mit jedem Tage wurde ich hingerissener und es entwickelten sich in meinem Hirn die merkwürdigsten Perspektiven. In den Betriebsversammlungen geriet ich oft und oft ins Debattieren. Auf das Beispiel unserer Bühne hinweisend, rief ich den Versammelten zu: »Und, Genossen und Genossinnen, unsere Bühne ist nur ein Anfang! Sobald wir begriffen haben, daß wir allen anderen Klassen im Staat schon rein der Zahl nach überlegen sind, sobald wir wissen, was ein solches, noch rein wirtschaftliches Zusammenschließen für Wirkungen erzielen kann, ist die Vereinigung aller Sozialisten da! Bedenkt doch einmal, Genossen und Genossinnen, was wir alles machen könnten, wenn wir so arbeiten würden! Wir könnten Kaufhäuser errichten, wir könnten große Genußmittelfabriken erbauen, wir könnten uns durch unser Geld selber ernähren und so dem Kapitalismus legal das Wasser abgraben!«

Überall murmelten die Genossen: »Jaja, eigentlich, recht hat er, ganz recht!«

»Wir könnten unseren eigenen Grund und Boden haben, wir könnten Bauernhöfe unterhalten, Molkereien und Schlächtereien! Wir könnten unsere eigenen Kleiderfabriken, unsere Schuhmachereien, Gerbereien, kurzum alles, alles haben – und wir brauchten nicht einmal einen Fingerstrich von Polizei und Staatsgewalt zu befürchten, Genossen!« schrie ich erhobener durch die Zustimmung.

Und wieder rief es: »Jawohl, sehr richtig! Sehr richtig!«
Nach Krieg und so furchtbar verlaufener Revolution war jeder sozusagen »gewaltmüde« und jeder ersehnte einen Weg, der aus dem Elend herausführte. Es war gerade in der damaligen bedrückten Zeit mehr Wille zum Sozialismus unter den Arbeitern. Es war eine Zeit, ein Stadium, wo wirklich jeder ernstlich nachdachte, wie man nun, trotz alledem, mit der Verwirklichung des mit der Revolution Begonnenen weiterkommen könnte. Es war alles an echter Sehnsucht, an buchstäblichem Einsehen der Unerträglichkeit des herrschenden Zustandes in den Massen aufgestaut und gerade durch die aufgezwungene Verhaltenheit um so mächtiger. Schon aus diesem Grunde schien die kleine Bühne wichtig zu sein.

Ich kam müde auf unserem Büro an, las die eingelaufene Post durch, schrieb etliche Briefe und prüfte ein Drama. Die Arbeiter des Betriebes Neuaubing hatten für den heutigen Abend eine geschlossene Vorstellung bestellt. Ich hörte auf einmal die Senefelderstraße entlang den dumpfen Massenschritt und neigte mich zum Fenster. Da marschierte schon wieder ein Zug, flugs verschwand er in unserm Tor. Die Treppen herauf stürzten Schritte, hastig wurde die Bürotüre aufgerissen. Ein breiter dicker Genosse stand lachend vor mir: »Du, Oskar, geh schnell raus! Geh weiter!«

Ich folgte ihm. Im Stiegenhaus erzählten mir ungefähr sieben Genossen, sie hätten heimlich ihre Musikinstrumente mitgebracht und wollten in den Zwischenpausen jeweilg etwas zum Besten geben.

»Jaja, natürlich. Ihr habt ja den Saal ausgekauft. Ihr könnt machen, was Ihr wollt! Tut's nur. Das gibt eine Gaudi!« ermunterte ich sie.

»Aber der Felber?« fragten sie.

»Ah, Ihr sagt einfach nichts. Ihr schmuggelt einfach die Instrumente hinein, und wenn der Vorhang fällt, fangt Ihr an!« riet ich ihnen.

Sie lachten derb auf und verschwanden. Ich mußte eine Rede halten und hetzte faustdick.

Felber war heute gut aufgelegt. Als ich vom Souffleurkasten auf die Bühne kam, lachte er und zeigte mir eine Stricknadel.

»Da, schau'n Sie, die stich ich Ihnen jetzt immer in den Arsch, wenn Sie mir was Unrechtes sagen! Heut' macht's ja nichts! Da können Sie meinetwegen Versammlungsreden halten. Das sind ja Genossen!« sagte er lächelnd und ironisch.

»Na, denn tu' ich mir halt ein Brett vor meinen Hintern!« erwiderte ich belustigt. Heimlich dachte ich, was für ein höllisches Gesicht er wohl machen würde, wenn auf einmal die Genossen durch ihre Musik seine ganze Kunstdarbietung »profanierten«. Ich entfernte mich mit dem Vorwand, noch etwas im Büro zu tun zu haben.

Nach dem ersten Aufzug kam der Direktor erregt und entsetzt zu mir herauf. Er raufte sich die wenigen Haare, die er noch hatte.

»Also das ist doch schon das Höchste! Ich schmeiß' den ganzen Dreck hin! Jetzt machen sie Musik auch noch! Ganz gewöhnliche Wirtshausmusik! Höher geht's nimmer! Da bin ich ja direkt schon gar nichts mehr!« plusterte und polterte er.

Das ärgste Unrecht von der Welt schien ihm angetan.

»Was denn?« fragte ich scheinheilig, »was haben S' denn, Herr Felber? Was ist's denn schon wieder? Die Schauspieler?«

»Ah, die Schauspieler! Ihre idiotischen Genossen!« brach der Mann wutschäumend heraus und erzählte mir, was ich längst wußte.

»Noja, es ist doch eine geschlossene Vorstellung, Herr Felber! Was heißt denn idiotisch! Die Arbeiter machen sich ihr Vergnügen, wie sie es wollen! Wir sind nun einmal ein Arbeitertheater!« sagte ich mit unterdrücktem Lachen.

»Was! Jaja, ich weiß schon, ich weiß schon! Sie helfen immer zu den Leuten, die uns der größte Schaden sind!« fuhr er mich an.

Da wurde ich ärgerlich und gab ihm ebenso hinaus: »Die Arbeiter haben überhaupt alles gemacht!«

»Ich schmeiß' alles hin, aus!« brüllte er und rannte in die Wirtschaft zum Ehrhart hinunter. Er war außer Rand und Band.

Ich lief durch die Küche in den Theatersaal. Kreuzfidel saßen die Arbeiter auf ihren Stühlen und vorne in der Ecke musizierte ihre Kapelle. Ziehharmonika, C-Trompete, Gitarre und Trommel. Es prasselte und schmetterte nur so. Felber kam mit Ehrhart herein.

»Da mach' ich nicht mehr weiter. Das ist Oktoberfest! Oktoberfest!« schrie er den Vorstand fort und fort an. Aber der war selber erbaut von einer solch gemütlichen Überraschung.

»No, ich bitt' Sie, Herr Felber, das paßt sich doch ganz gut in den Rahmen! Oben der »G'wissenswurm« und herunten die Fidelität! Das ist doch einmal lustig und schön,« sagte der Vorstand. Das ergrimmte den Direktor derart, daß er mit den drohenden Worten: »Da muß eine Vorstandssitzung einberufen werden!« aus dem Saal stürzte.

»Gong« schlug es nach kurzer Zeit. Die Musikanten brachen ab und setzten sich auf ihre Stühle. Abermals gongte es und noch einmal. Das Spiel ging weiter. Die Schauspieler waren diesmal gescheiter. Sie fanden diese »Einlagen« sehr nett und das beruhigte endlich auch den Direktor.

Zum Schluß war es eine einzige Lustbarkeit.

Vorne beim Wirt wurde viel getrunken und zuletzt ging man allseits versöhnt auseinander. Freilich, der Direktor war nicht dabei und auch die Schauspieler nicht.

Es schwankt

Hochverehrter Herr Dramaturg Doktor G r a f !« fing ein Brief an, den ich eines Morgens vom Dichter Johannes Gutzeit erhielt. Die ganze Skala der Gefühle lag in den skurrilen Sätzen, schmeichelhafteste Lobsprüche wechselten mit demütigster Anbiederung, dann wieder kam der gute Mann ins Feuer und verglich seine »Volkssymphonie«, wie er das Stück mit den vielen Personen nannte, mit den Werken der Weltliteratur. »Ich bin ein alter Mann. Mein Haar ist grau, aber mein Geist ist wach. Schon geht die Sonne meiner irdischen Wanderung dem Abend zu,« schrieb er rührend poetisch, und kurz darauf brach er in den mannhaften Trotz aus: »Oft sehe ich gutgekleidete, reiche Leute auf den Straßen der Stadt und muß lächeln – entschuldigen Sie meine schalkhafte Entgleisung – aber ich lächle. Und warum lächle ich? Weil ich weiß: Sie vergehn wie ich, aber von mir wird das Reinste, was in einer Menschenbrust schlummert, bleiben. Ich, das staubige Nichts, Johannes Gutzeit, ward von der Natur mit Gnade gesegnet und habe über mich selber hinausgestaltet. Ich verlösche, aber das, was ich wirklich war, wird weiterwirken.«

Ich las und las. Vier Seiten lang war der Brief. Eng beschrieben, viele, viele Worte waren unterstrichen. »Herr Doktor« oder »hochverehrter Herr Doktor« hieß mich der Schreiber ein um das andere Mal und ich dachte an die Zeit, in der ich selber so schrieb, an die Jahre des Zweifelns, Bittens und Hoffens, während derer ich hungernd und irrend meine ersten Verse und Geschichten verfaßte und sie an alle möglichen Verleger und literarischen Prominenzen schickte, um angenommen oder empfohlen zu werden. Da war für mich so ein Briefempfänger auch stets ein Doktor oder ein Professor. Mein Proletenhirn war in derselben Devotion befangen. Es schien mir, als käme in der Literatur und Kunst nur ein Mensch mit einem derartigen Titel zu etwas.

»Es ist meine tiefste Überzeugung, daß wir – Auge in Auge, von Mensch zu Mensch – uns verstehen, hochverehrter Herr Doktor. Wir mit dem gleichen Fühlen werden uns einigen. Meine Dichtung ist nur auf Ihrer wahrhaft echten Volksbühne möglich,« endete der Brief und dieser Satz war fünfmal mit roter Tinte unterstrichen. Mit »geziemendster, menschlich aufrichtigster, herzlichster Hochachtung« verblieb der Verfasser mir verbunden. Ungefähr zwei Dutzend Personen hatte er inzwischen in seinem Stück gestrichen und die Lieder in Melodie setzen lassen. Vorsichtig kündigte er an, mich in den nächsten Tagen besuchen zu wollen.

Indessen ich hatte diesmal ganz andere Gedanken im Kopf und antwortete mit einem freundlich-behutsamen Schreiben, der Dichter möge seinen Besuch um vierzehn Tage verschieben, da augenblicklich durch angehäufte Arbeit keine Verhandlungsmöglichkeit sei. Seit etlichen Wochen bedrückte mich, was jeden eingeweihten Genossen, was Felber und die ganze Vorstandschaft bekümmerte. Nämlich, die Generalversammlung sollte in zirka acht Tagen stattfinden. Da mußte der Rechenschaftsbericht erstattet werden.

Ich hatte mich bislang um den Betriebsapparat unserer Bühne, um das Kaufmännische, eigentlich wenig gekümmert. Eines Tages kam Felber ins Büro und sagte: »Graf, haben Sie einen Moment Zeit? Kommen Sie, wir haben was zu reden.«

Wir gingen in sein eiskaltes Direktionszimmerchen. Der Direktor war eigentümlich ernst.

»Graf,« sagte er nach einer kurzen Weile, »jetzt gilt's den schwersten Kampf. Wenn uns der nicht gelingt, sind wir erledigt. Wir müssen unbedingt fertig bringen, daß sich die Volksbühne mit uns vereinigt. Haben wir diese Organisation, so sind wir über Wasser, kriegen wir sie nicht, können wir zumachen.«

»Die Volksbühne? Die ist nichts als ein Konsumverein geworden, Herr Direktor,« erwiderte ich etwas förmlich, obwohl ich schon lang gut Freund war mit Felber.

»Aber sie hat Massen hinter sich. Es kommt nur darauf an, daß wir die kriegen, das Weitere machen w i r schon,« antwortete Felber.

Ich verstand nicht und fragte: »Ja, Herr Felber, stehn wir denn so schlecht?«

Und da endlich klärte er mich auf. Die Sache lag so:

Als die Genossenschaft »Neue Bühne« gegründet und ins Handelsregister eingetragen wurde, schrieb ein Statutenpassus vor, daß die eingehenden »Anteile« als Grundkapital auf einer Bank festgelegt werden müßten. Um dies zu umgehen, hatten Ehrhart, Kiermaier und noch ein Genosse eine bestimmte Summe deponiert. So konnte durch täglichen Verbrauch der Anteile wenigstens die erste Misere abgewehrt werden. Aber die Bedrängnis wurde immer schlimmer, und schließlich wurde auch das Grundkapital angegriffen und verbraucht. Der Besuch des Theaters war sehr schlecht, und die Einnahmen deckten nicht einmal halbwegs die Ausgaben. Alle Anstrengungen halfen nichts.

Die Vorstandssitzungen hörten überhaupt nicht mehr auf, eine verlief erregter als die andere. Anfangs wehrten sich alle, die eingehenden Anteile auszugeben, es blieb nichts anderes mehr übrig, als die Genehmigung zu erteilen. Die Genossen nahmen die schwere Verantwortung auf sich.

»Das Werk darf nicht untergehen! Wir kommen noch alle ins Zuchthaus!« jammerte Ehrhart. Und der Kassier Sandmeister sagte: »Jaja, natürlich, das ist ein Vertrauensbruch an den Genossen und ein Mißbrauch unseres Kapitals!«

Holzapfel sprang auf und schrie wütend: »Was heißt da Vertrauensbruch! Kein Kapitalist gibt uns was. Wenn Proletarier was machen, müssen sie von Anfang an mit schwersten Opfern rechnen! Wenn Revolution ist, geht's ums Leben! Was ist denn das schon, wenn einer einmal zwanzig oder vierzig Mark verliert!«

Er siegte. Er sagte die Meinung Vieler. Aber dieser Gedanke war nichts als eine Art Lossagung. Druck und Verwirrung wurden dadurch nicht geringer. Jeder ging mit betrübtem Gesicht herum.

Ein siebengescheiter, kommunistischer Abgeordneter kam daher und riet, man sollte die Neue Bühne so gestalten: Tagsüber Filmvorführungen, abends Theater. Felber geriet in Wut und lehnte schroff ab. Auch die meisten Vorstandsmitglieder waren dagegen.

Rührend klagte Ehrhart: »Jetzt haben wir die ganze Zeit gegen diesen Filmschund gekämpft und auf einmal sollen wir ihn spielen! Ja, soll denn der Arbeiter ganz verhunzt werden! Ich sag' ja, ich sag' ja, uns buckelt man alles auf!«

Er war anfangs noch zögernd, denn ihm kam es immer nur darauf an, das Werk zu halten und alle Möglichkeiten für Einnahmen auszunützen. Als sich jedoch alle so entschieden gegen dieses Ansinnen stellten, bekam auch er Mut und lehnte ab.

So stand also das Unternehmen nach zirka einem Jahre wieder so schlecht wie damals, als Felber an die Arbeiter herangetreten war. Alle Mühen, alles Werben, die durcharbeiteten Nächte und die Opfer, welche jeder gebracht hatte, schienen umsonst gewesen zu sein. Schon stockten die Gagenzahlungen besorgniserregend. Die Schauspieler wurden immer mürrischer und renitenter. Verzweifelt mußte gerechnet werden. Der Wucherer, welcher uns für die Bespannung der Dekorationskulissen jeweilig die Papierleinewand lieferte, streikte, weil nicht bezahlt werden konnte. Es war am Anfang der Inflation. Nirgends bekam man Kredit, und nirgends war gerade solche Leinewand in derartigen Massen aufzutreiben. Wir waren dem Schuft mit Haut und Haaren ausgeliefert. Er hatte so seine dunklen Beziehungen und lieferte jede Menge. Er kreditierte sogar. Nur kam er dann mit so und so hohen Zuzugszinsenrechnungen. Er verzog sein breites Maul, er ließ sich auch spaßhafte Wahrheiten ins Gesicht schleudern, er fühlte: Ich habe die Macht.

Wenn er, geschniegelt und gebügelt, schön glatt rasiert und pomadisiert, ins Büro kam, eine seiner berüchtigten Rechnungen präsentierte und Brönnle ihm erwiderte: »Ja, jetzt ist nichts da!« wurde er hämisch. In schnarrendem Unteroffizierston sagte er erst scherzend: »Was? Kein Geld! Ein solches Unternehmen hat kein Geld? Marsch, schütteln Sie die Ärmel! Ich will mal sehen, wieviel da herausfällt.«

»Sie können mich umdrehen, aus mir fällt nichts!« erwiderte Brönnle abermals.

»Machen Sie keine Witze! Also los, zahlen, zahlen, Kleiner!« rief der widerwärtige Kerl.

»Ja, aber ich hab' doch nichts! Ich kann mir's doch nicht aus den Rippen schneiden!« beharrte Brönnle.

Da wurde der kleine, aufgedunsene Mann bösartig und polterte: »So! Hier liegt die Rechnung! Soll ich von der Luft leben! Morgen hol' ich mir den Betrag. Wenn nichts da ist, muß ich gerichtliche Schritte tun!«

Mit den wüstesten Drohungen ging er. Dann fing ein aufgeregtes Hetzen nach Geld an. Brönnle telephonierte, Erhart erschien und brachte alles Zusammengeraffte, der Betriebsrat Metzger schickte einen Arbeiter mit einem Kuvert, die Einnahme von der Vorstellung wurde zusammengescharrt und am anderen Morgen strich der Herr Lieferant die Summe triumphierend ein.

Er ließ sich auch ab und zu herab einige gutmütigere Worte zu sagen.

Zuerst höhnte er den Buchhalter an: »Na, was hab' ich gesagt? Ihr habt Geld wie Heu! Jedes Theater ist eine Goldgrube. Und was gewinn' ich bei dem ganzen Geschäft? Zweimal Mittagessen in der nächstbesten Bauernwirtschaft.«

Da fand er weichere Töne, denn schließlich durfte man sich die Kundschaft doch nicht verderben.

»Na ja, na ja, ich versteh' ja, ich versteh' ja! Welches Geschäft hat heut' Geld. Ich seh's ja bei mir! Aber, ich sag' Euch, Ihr werdet alle noch reich hier! Ich wünsch' Euch das Beste.« Dann ging er.

Ich knirschte mit den Zähnen.

»Man sollte ihn nackt ausziehen und Spießrutenlaufen lassen, den Hund! Ich weiß nicht, ob ich ihn nicht einmal anpacke!« knurrte ich und Brönnle meinte: »Ja, aber was will man machen.«

Ja, was wollte man machen! Das war auch das ewige Fragezeichen für Felber und die Genossen.

Jetzt, nachdem ich derart eingeweiht war, schwor ich, meine Anstrengungen zu verdoppeln, um neue, immer neue Mitglieder für uns zu gewinnen. Ich rannte jeden Abend auf kleine und große Arbeiterversammlungen. Ich redete, was ich herausbringen konnte. Die Rettung war das auch nicht.

»Nicht die zehn oder zwanzig Mitglieder mehr können uns herausreißen. Wir brauchen volle Säle!« belehrte mich Felber. »Wir müssen unser Theater bei jeder Vorstellung garantiert zu Dreiviertel voll haben! Sie sehen ja, die Arbeiter gehen höchstens am Samstag rein. Nur die Volksbühne kann uns noch retten.«

Was er sagte, war leider nur zu wahr. Die Arbeiter gingen ungern ins Theater. Woher das kam, weiß ich nicht. Vielleicht lag der Fehler an der Auswahl der Stücke. Aber auch bei Gorkis »Nachtasyl« hatten wir fast ständig halbleere Säle. Besser war es schon, wenn wir lustige Stücke wählten. Schließlich, ist's jemandem zu verdenken, daß er nach der Schufterei tagsüber am Abend lachen will? Oft und oft habe ich mich gerade über diese Erscheinung mit meinen Genossen unterhalten. Einer sagte es ehrlich, plump und zutreffend.

»Oskare, ich will Dir was sagen,« fing er an, »wenn man die ganze Woche schuftet, hat man keinen Sinn mehr für seine eigene Not. Ich sag's aufrichtig, ich hab's auch hundertmal gesehen, wer so dran ist wie wir, der geht am Samstag in den Film oder wohin, in ein schönes Café oder in ein Kabarett, wo er sich sehen lassen kann. Man möcht' auch einmal ein besserer Mensch sein. Man möcht' was schmecken von der schönen Seite der Welt.«

Was einer nicht hat, was einem ewig vorenthalten wird, das ersehnt er, d a s ist sein ewiger Wunsch. Vielleicht, wenn man's versuchte, könnte man dieses merkwürdige Gieren nach Luxus und Pracht, das in jedem Arbeiter lebt und strebt, ausmerzen, wenn man sie ihm bis zum Überdruß verschaffte. So aber, weil er es nie zu kosten bekommt, wird ihm auch die Sinnlosigkeit eines solchen Lebens nie klar. Wir sind Menschen mit allen Gebrechlichkeiten und Verschrobenheiten, weiß Gott!

Aber bleiben wir bei der Sache.

Nach langem Hin- und Hererwägen riet ich Felber, nicht v o r unserer Generalversammlung an die Volksbühne heranzutreten.

Ich kalkulierte so: »Treten wir vor die Generalversammlung mit dieser Ankündigung, so ermuntern wir unsere Genossen. Wir spornen sie an. Haben wir die Verhandlungen mit der Volksbühne schon hinter uns, das heißt, sind sie fehlgegangen, so ist alles zu Ende.«

Felber überlegte. Dann nickte er zustimmend.

Die Situation war gerade etwas günstig für uns. Alexander Granachs Gastspiel in »Von Morgen bis Mitternacht« hatte die Aufmerksamkeit aller Theaterfreunde auf uns gelenkt. Wir hatten gezeigt, was wir konnten. Außerdem wußten wir, daß die Volksbühne in zirka fünf Tagen ihre Generalversammlung abhielt. Einige rührige Genossen von uns waren auch Mitglieder der Volksbühne und wollten in der Diskussion vorsichtig vorarbeiten. Sie wollten für ein Zusammengehen mit uns plädieren, indem sie das Programm und die Darbietungen dieser großen Organisation kritisierten und unsere Leistungen dagegenstellten. Mit gutem Recht konnten sie gegen die Darbietungen der Volksbühne wettern, denn gerade damals boten die Theater der Stadt, mit denen dieselbe Abonnementsverträge abgeschlossen hatte, höchst Minderwertiges. Stücke, die fünfundzwanzig- und dreißigmal über die Bühne gegangen waren, Opern, die keinen Besuch versprachen, wurden für die Mitglieder angesetzt.

Wir warteten also.

»Ich habe außerdem noch was in petto,« sagte Felber, »das werde ich auch vorschlagen.«

»Was denn?« fragte ich.

»Wir machen Festspiele im Künstlertheater in der Ausstellung draußen,« erwiderte er.

»Ja, mit was denn?« fragte ich pessimistisch.
»Wir legen Listen auf. Jeder kann sich einzeichnen, zahlt die Eintrittskarten vorher. So kriegen wir das Geld und die Aktion kann steigen!«
»Fein, jawohl, das bringt uns in Schwung! Jawohl!« rief ich begeistert.
»Dann spielen wir all die Stücke, die Sie einmal vorgeschlagen haben: Tollers ›Wandlung‹, Romain Rollands ›Danton‹, Gorkis ›Feinde‹, und vielleicht noch was,« sagte Felber.
»Gut! Mensch, wenn wir das alles vorbringen, werden die Genossen trotz allem wieder opfern! Der Rechenschaftsbericht bricht uns auch nicht das Genick!« sagte ich. Schon war ich wieder entflammt, tausend Möglichkeiten malte ich mir aus. Mein Pessimismus war weg. Es mußte gehen!
»Darf ich das jetzt schon in den Versammlungen in meinen Propagandareden sagen?« fragte ich Felber.
Er dachte nach. Dann sagte er ruhig: »Ja. Nennen wir's ›Arbeiterfestspiele‹. Reden Sie, werben Sie! Jetzt darf keiner auslassen!«
Ich fertigte erst einmal viele, viele Listen zur Eintragung für die Teilnehmer der »Arbeiterfestspiele« an. Dann schrieb ich unzählige Briefe an alle Betriebsräte der Stadt und forderte sie auf, sie herumgehen zu lassen und Samstags den Betrag auf unserem Büro abzuliefern. Ich arbeitete, was ich konnte, ich war Feuer und Flamme. Bei meinen Bekannten warb ich und brachte eine ziemliche Anzahl von Teilnehmern zusammen.
Geld kam ins Haus. Neue Hoffnung beseelte jeden. Die Gesichter hellten sich auf. Ruhiger sahen wir der Generalversammlung entgegen.
Als dann gar noch die Genossen, die bei der Generalversammlung der Volksbühne im verabredeten Sinne gesprochen hatten, meldeten, daß ihnen von allen Seiten größter Beifall gezollt worden war, sah ich auch unseren lieben, fast schwermütig gewordenen Vorstand Ehrhart wieder heiterer.
An diesem Abend begleitete er mich auf eine Versammlung. Er war begeistert von meiner schwungvollen Rede und ging von Tisch zu Tisch mit der Einzeichnungsliste. Hatten auch die meisten Genossen nicht gleich den Betrag zur Verfügung, sie schrieben sich doch fleißig ein und brachten am Wochenende das Geld.

Auf dem Heimweg kam ich mit meinem Freund in ein schweres Gespräch. Nämlich er wurde auf einmal melancholisch und sagte: »Oskar, meinst du jetzt, daß es einen Herrgott gibt oder nicht?«

Er schaute mich nachdenklich an.

»Ja, mein Gott, einen Herrgott, Lorenz?« fand ich endlich als Antwort, »ich will dir was sagen. Eine Gerechtigkeit muß es geben, wie wir's jetzt heißen, ist ja wurscht!«

Ich hörte, wie er förmlich aufatmete.

»Gell, sagst es auch, gell!« rief er wie befreit, »ich bin Sozialist. Mit der ganzen Pfaffenreligion mag ich nichts zu tun haben, aber ein höheres Wesen muß es geben.« Er schwieg. Er blieb stehen und rülpste. Die kalte neblige Luft stand um uns. Ziemlich spät war es schon. Es war still um uns herum. Er schneuzte sich, daß es weithin schallte. Dann legte er seine schwere, schwielige Hand auf meine Schultern und wiederholte: »Auf der Welt ist doch ewig keine Gerechtigkeit. Wir Arbeiter spüren's doch am deutlichsten. Wir sind Sklaven, und wenn wir uns rühren, wird geschossen auf uns, oder wir kommen ins Zuchthaus. Er muß ein höheres Wesen geben, das wo da richtig Gericht hält. D a s , was wir für die Neue Bühne geopfert haben, wird sich unser Herrgott auch schon merken.«

Da stand er, breit und groß, mit treuen Augen, so bewegt war er, daß er schluckte.

Komisch, mich überrieselte es.

»Ja,« konnte ich nur sagen, »ja, Lorenz, wenn man's so anschaut, gilt's.«

Er drückte mir fest die Hand.

»Oskar, du bist ein braver Mensch! Mit dir kann man reden,« erwiderte er, »gute Nacht jetzt, die Neue Bühne wird schon noch was!«

Er ging die Dachauerstraße hinauf, ich die Luisenstraße hinunter. Ich war sehr glücklich.

Preisend mit viel schönen Reden ...

An dem Tag, an dem die Generalversammlung war, herrschte eine gewisse bei uns erwartungsvoll-feierliche Stimmung. Jeder arbeitete nervöser, jedem konnte man das Ereignis vom Gesicht herunterlesen. Fast war's, als ob es heute Abend zur ersten Kommunion oder zum Richtplatz ginge. Brönnle hatte seinen Sonntagsanzug schon in der Frühe an, der Kassier Sandmeister trug einen schrecklich hohen, steifen »Vatermörder«-Kragen mit einer davorgebundenen schwarzen »Fliege«, besprach eingehend mit dem Buchhalter die Bilanz und tat sehr gewichtig.

»So«, sagte er dann, »ich bin befriedigt. Ich faß' mich ganz kurz heut' Abend. Jetzt muß ich noch schnell meine Rede ausarbeiten.« Er nahm seine Mappe unter den Arm und ging.

Felber kam zwar wie immer, nur seine Miene war ein wenig gespannter. Der hurtige Kiermaier erschien während des Vormittags und fragte, ob auch alle eingeladen seien. Nachdem Brönnle bejaht hatte, stellte er sich vor uns hin, wischte sich mit seinem großen roten Schnupftuch den Schweiß aus dem Gesicht, strammte mit den kurzen, dicken Fingern etliche Male seinen herabhängenden Schnurrbart und sagte mit seiner fetten, drolligen Stimme: »Nicht, daß wir uns vor dem Wirt schämen müssen. Wenn da der große Saal nicht voll wird, das blamiert uns. Sowas geht nicht, daß kein Bier konsumiert wird. Man muß da mit'm Wirt auch rechnen. Der Saal kostet uns sowieso nichts.«

Er schnaufte kurz und heftig. Aus einem undefinierbaren Drang nach Erheiterung sagte ich zu ihm: »Aber es werden sicher sehr viel Abstinenzler dabei sein, Genosse Kiermaier. Die saufen lauter's Zitronenwasser.«

»Was? Wie heißt man die? Abst-Abstenzler?« erkundigte er sich hastig und seine besackten, kugelrunden, herausgetretenen Augen richteten sich fragend auf mich.

»Abstinenzler!« ergänzte ich.
»Und die saufen bloß Zitronenwasser?«
»Jaja, die haben es nicht mit dem Bier. Der Verein schreibt vor, daß man keinen Alkohol anrühren darf,« klärte ich den untersetzten, dicklichen Mann auf.
Das war zuviel!
»Was!« prustete er erregt heraus, »einen solchen Verein gibt's bei uns! Ja, das ist ja doch schon allerhand! Was sind denn jetzt das für narrische Konsorten! Hm, Zitronenwasser in der Wirtschaft saufen. Ich tät' mich zu Tod' schämen, wenn ich's bloß verlangen müßt'. Ja, ja, haben denn die gar kein Schamgefühl nicht, hm, hm! Nein–nein, das gibt's nicht! Nein–nein, sag' ich, sowas müssen wir uns verbitten. Da lacht uns ja direkt der Wirt aus! Da muß ich gleich mit'm Lorenz reden. Nein–nein, das darf nicht sein, das geht einfach nicht!«
Ich preßte schon bedenklich meine Lippen aufeinander. Er rannte davon wie angestochen. Ehrhart, den er deswegen sehr aufgeregt gesprochen hatte, kam kurz darauf und war gar nicht beunruhigt. Er mußte sogar ein wenig lächeln und meinte: »O mein Gott, der Toni! Der weiß halt nicht, daß bei uns auch feinere Leut' Mitglieder sind. Da hab' ich gar keine Angst nicht, daß der Wirt nicht auf seine Kosten kommt. Macht doch von uns jeder eine schöne Zech'. Viel Zitronenwassersaufer werden wir nicht haben.«
Worauf ich ihm erzählte, daß ich bloß Spaß gemacht habe.
»Hm, Bazi, schlechter! Der Toni fällt schon auf alles rein auch!« brummte der Vorstand gemütlich und erkundigte sich ebenfalls, ob alles richtig vorbereitet sei.
»Oskar, du mußt heut' eine schwunghafte Rede halten, gell, daß du es weißt,« sagte er, »du redest rein von der Kunst und von unserem Werk! Rede ihnen nur richtig ins Gewissen, gell! Und am Schluß sagst das mit den Arbeiterfestspielen. Wir werden auch sammeln geh'n. Sag's ihnen nur schön politisch hin!«
Ich nickte: »Jaja, ich red' schon.«
Ein flüchtiger Schatten huschte über sein Gesicht, seine Stirn furchte sich schnell. Dann sagte er wie aufseufzend: »Die Neue Bühne wird doch noch was! Wir müssen sie durchbringen!«
»Sie ist schon was!« versuchte ich ihm Mut zu machen, da kam der neue Bühnenmaler zur Türe herein, den ich die ganzen bewegten Tage her noch kaum richtig gesehen hatte.

Es war ein sehr schöner Mensch, das heißt, er war das wahre Bild von dem, wie sich die traditionelle Bürgerlichkeit den Künstler vorstellt. Er trug einen schwarzen Russenkittel, darüber eine Windjacke, dann kurze Manchesterhosen, Wadenstrümpfe und Haferlschuhe. Er hatte ein herrlich ausgepolstertes, glattrasiertes Gesicht und pechschwarze, mit gutem Gewissen monumental zu nennende Haare. Die waren nach rückwärts gestrichen, nicht zu kurz und nicht zu lang, ganz à la Schiller. Breit war die Brust, sanftmütig und doch wieder verführerisch männlich die Augen. Man hatte auf den ersten Blick den Eindruck von einem umschwärmten Tenor, der Backfischherzen in Wallung zu bringen fähig ist. Und welcher Tenor besitzt nicht diese vorzügliche Eigenschaft? Ich habe sehr oft darüber nachgedacht und bin im Laufe der Zeit fast zu dem Ergebnis gekommen, daß man beim Tenor nur auf die körperliche Erscheinung sieht. Kann er noch dazu wirklich gut singen, so ist er völlig Objekt jener Mädchenseelen.

Der Maler zog sofort die volle Aufmerksamkeit auf sich. Ehrhart wandte sich augenblicklich an ihn.

»Na, Herr Schulz, Sie werden uns doch heut' Abend auch besuchen, was?« fragte er.

»Ja, was ist denn? Soso, Generalversammlung, ja nadiirlich,« antwortete der Maler mit einem leisen sächsischen Unterton.

»Darf ich vorstellen – unser Herr Dramaturg Graf – Herr Kunstmaler Walter Schulz,« sagte der Buchhalter, der aufgestanden war und die nötigen Handbewegungen machte. Wir drückten uns die Hände. Dann setzte ich mich wieder. Ehrhart unterhielt sich noch mit Schulz. Der Maler hatte trotz seiner scheinbaren Legerität ein klein wenig etwas von Herablassung. Er ist ein Bürger, ein absoluter Bürger, dachte ich, als ich ihn so von der Seite musterte. Ich war schon wieder wütend, weil unser Vorstand ihm Respekt zollte.

Aber was war denn eigentlich mit unserem guten Vorstand los? Ja, jetzt sah ich's doch erst! Er hatte sich frisch rasieren lassen, und sein Kaiserbart stand heute besonders kühn in die Höhe. Ah, dachte ich abermals, ah, die Generalversammlung, aha!

»Ja, das ist ausgezeichnet, jaja, jaja. Bausteine. Bausteine, sehr schön sehr schön! Da kriegen wir alle. Das kann uns rausreißen,« hörte ich jetzt Ehrhart sagen und ärgerte mich, daß ich in Gedanken ganz vergessen hatte, zuzuhören. »Bausteine. Richtig, Bausteine! Das ist auch ein schöner Name! Da geht auch ein Geschäft damit,« wiederholte der Vorstand und ging mit dem Maler.

Kurz vor Beginn der Abendvorstellung erschienen die sämtlichen Mitglieder des Vorstandes und die verschiedenen Aufsichtsräte. Alle waren merkwürdig sonntäglich. Jeder hatte seinen besten Anzug an. Einzig und allein der radikale Holzapfel und ich stachen ab.

Nach einer eingehenden Besprechung über die Tagesordnung gingen wir allesamt in den Arzberger-Keller. Dort fand in einem großen Saal die Generalversammlung statt.

Wir setzten uns auf die Tribüne, und langsam kamen die Leute. Wir warteten immer noch, bis zehn Uhr. Dann kamen auch noch die Theaterbesucher und Felber mit Frau.

Ehrhart erhob sich und läutete.

»Bssst! Bssst, Ruhe, Ruhe!« rief's allerorts.

»Genossen und Genossinnen, werte Mitglieder der Neuen Bühne! Ich eröffne mithin die heutige Generalversammlung unserer Genossenschaft und begrüße Sie alle herzlichst. Ich danke Ihnen für den zahlreichen Besuch und erteile hiermit als erstem unserem bewährten Kassier, dem Genossen Sandmeister, das Wort zum Rechenschaftsbericht.«

Eine Unruhe brach auf der Tribüne aus.

»Du hast ja gar nicht die Tagesordnung gesagt! Tagesordnung!« riefen die meisten dem schon verwirrt werdenden Vorstand. zu. Von drunten herauf schauten die Mitglieder gespannt. Sandmeister sprach noch immer nicht.

»Jaso, jaja! Ja, ja!« sagte Ehrhart zu uns Tribünenmännern und wandte sich erneut an das Publikum: »Ich möchte ersuchen um Ruhe! Genossen und Genossinnen!« Schon wieder lispelte jemand: »Genossinnen und Genossen heißt's, die Damen kommen doch immer zuerst!«

Ehrhart stockte wiederum kurz und rief dann lauter: »Genossinnen und Genossen! Werte Mitgliederschaft der Neuen Bühne!«

Er verkündete die Tagesordnung. Dann erhob sich endlich Sandmeister. Er hatte einen Cutaway an, der sonderbar steif abstand, wenn er sich etwas nach vorne neigte. Er verlas den Rechenschaftsbericht, trockene Abrechnungen, die keinen Menschen interessierten. Und das war gut so. Als er geendet hatte, klatschte man üblicherweise und Sandmeister verbeugte sich ein ums andere Mal.

»Jetzt sind wir über's Ärgste schon drüber,« lispelte mir Ehrhart zu, denn niemand schien sich aufzuregen über den schlechten Stand der Bühne, keinem fiel es ein, gegen die »Haushaltung« zu opponieren. Nun mußte ich sprechen. Sehr gut aufgelegt begann ich. Mir lag wirklich diesmal daran, ein richtiges Bild vom Wesen unseres Unternehmens zu geben.

»Ihr habt an den Abrechnungen gesehen, Genossen und Genossinnen,« schrie ich sehr laut in den weiten, rauchigen Saal, »unser Geld ist verbraucht. Uns hilft niemand. Wir sind auf uns selber angewiesen. Jede Unternehmung von Arbeitern wird solche Opfer vom Einzelnen fordern …«

Ich hörte Ehrhart und die sonstigen Leute in meiner nächsten Nähe ärgerlich wispern, aber ich war nicht mehr aufzuhalten.

»Aber gerade weil wir vor solchen Schwierigkeiten stehen, gerade weil wir jeden Tag vor einem buchstäblichen Nichts stehen – ja, Genossinnen und Genossen, wir können oft nicht bezahlen und unsere täglichen Einnahmen decken kaum den Betrieb – gerade deshalb werden wir uns halten!« rief ich abermals. Die ganze Vorstandschaft wurde noch unruhiger. Ich blickte auf Felber, der weit hinten saß. Er hatte ein unfrohes Gesicht.

»Wir sind und bleiben eine Bühne der Arbeiter! Immer wird uns die andere Seite der Gesellschaft anfeinden. Es kommt nur darauf an, daß wir noch mehr zusammenstehen! München hat einst die Revolution begonnen. Sie wurde blutig niedergeschlagen. Als wir mit unserer Bühne anfingen, war nichts als eine einzige Hoffnungslosigkeit unter der Arbeiterschaft. Jetzt allmählich gewinnt die Arbeiterschaft wieder Mut. München soll nun mit einer kulturellen Leistung der Arbeiterschaft beweisen, daß der revolutionäre Geist nicht auszurotten ist. Dies ist der Sinn und Zweck der Neuen Bühne,« führte ich aus. Beifall erscholl. Als ich hinsah, waren es Kommunisten.

Ich ging nun über zum Programm der Arbeiterfestspiele. Ich schrie fast gehässig: »Hütet Euch, Genossen, laßt Euch nicht verwirren, laßt Euch nicht irre machen von denen, die da sagen und meinen, wir müßten gleich ein großes Theater sein, wir müßten konkurrenzfähig mit den anderen Bühnen sein. Nein, wir wollen uns immer auf uns besinnen. Nicht auf Glanz und Größe kommt es an, auf die Verwirklichung der Idee kommt es an! Wir rechnen uns überhaupt nicht zu den üblichen Theatern, Genossinnen und Genossen, unsere Aufgabe ist eine ganz andere: Wir wollen die Dichtung durch unser Unternehmen sprechen lassen, die u n s e r e Sprache redet, die unsere Nöte und unser Schicksal lebendig macht! Und wenn wir Euch den Plan der Arbeiterfestspiele vorschlagen, so leiten uns nicht rein künstlerische, bürgerliche Gedanken, nein, etwas viel anderes treibt uns an! Wir wollen einmal all das, was hundertmal unterdrückt ist, was man glaubt, mit Maschinengewehren und Soldatenheeren niedertrampeln zu können, wir wollen durch den Mund der Dichtung unsere Überzeugungen, unsere Sehnsucht und unsere Wünsche laut werden lassen!

Es ist falsch, ungefähr so an die Arbeiterfestspiele heranzugehen, als wollten wir bloß einmal zeigen, was wir können, wenn uns nur die Mittel zur Verfügung stehen. Nein, tausendmal Nein! Die Arbeiterfestspiele sollen unseren revolutionären Willen ausdrücken! Sie sollen neben der hochkünstlerischen Leistung vor allem eine Demonstration werden gegen unsere Feinde ringsum!«

Die Radikalen schrien und klatschten, immer mehr und immer heftiger kam mir von allen Seiten Zustimmung entgegen. Felber saß an seinem Tisch und schüttelte fort und fort den Kopf. Ich wußte, er war ganz anderer Meinung, und er ärgerte sich, weil er kalkulierte: Mit solchen Tönen bekommen wir die Volksbühne nie und nimmermehr zum Verbündeten.

»Genossen und Genossinnen!« hub ich abermals an, »unsere Zeitungen, unsere Flugblätter, unsere Versammlungen und Demonstrationen können verboten werden, es kann uns jedes Mittel zur Verständigung genommen werden, weil wir augenblicklich keine Macht haben. Aber die ewigen Worte der Dichtung kann niemand verbieten, die Kunst, als Ausdruck des Bleibenden einer Zeit und unserer Sehnsucht, kann man nicht abschaffen. Der unbestechliche Geist ist nicht zu töten! Und dieser Geist war immer das Sprachrohr der Unterdrückten! Er kam aus einem einzigen Menschen und ward doch immer erzeugt von den Vielen, in denen die Sehnsucht nach einem besseren, würdigeren Leben aufwärtstreibt!«

Der Beifall brach immer wieder ab und hob sich immer wieder verstärkt. Ich kam auf die Volksbühne zu reden und auf unsere Absichten. Ich kritisierte sie und ihre verantwortlichen Leiter. »Aber in dieser großen, mächtigen Organisation, Genossen und Genossinnen, sind die Massen, die dem Denken und Fühlen nach zu uns gehören. Auch diese Organisation hat einmal so klein angefangen wie wir und ist nun schon fast nichts anderes mehr geworden als ein Kunstkonsumverein. Wir sehen an diesem Beispiel eine Warnung. Wir aber wollen nicht ablassen, die Massen zu uns zu bringen. Heute sind wir noch fast unbeachtet, unsere Arbeit aber wird einmal unvergessen sein, wenn wir sie geschafft haben,« schloß ich.

Ich schwitzte und zitterte ein wenig. »Bravo!« und »Hoch!« schrie es. Auf einmal war alle Lahmheit aus den Anwesenden geschwunden.

Ehrhart erhob sich und kündigte eine Pause an. Ich ging zu Felber. Er sah mich nicht gerade gut an und meinte: »So gewinnen wir nichts! Das war sehr unpolitisch. Überall sind Spione aus anderen Organisationen.«

»Schön, sehr schön,« sagte der neben ihm sitzende Maler Schulz.

»Ja, von der Schönheit haben wir nichts,« fiel Felber drein.

Nach der Pause ging es ziemlich durcheinander. Trotz aller Bemühungen wurde die Versammlung nicht abgezirkelt. Schön war, wie alles dahinwogte.

Der alte Vorstand wurde wieder gewählt. In der Diskussion sprachen die meisten Arbeiter in meinem Sinne. Felber erhitzte sich und berichtete noch einmal über die Festspiele, über das Zusammenwirken mit der Volksbühne, und als er geschlossen hatte, verkündigte Ehrhart, daß unser Bühnenmaler und Künstler Schulz Marken zu je einer Mark anfertigen werde.

»Bausteine für die Neue Bühne!« hieß er sie und forderte in bewegten Worten die Betriebsräte auf, recht viel solcher Bausteine abzusetzen.

Auch der Beschluß, daß die Einzahlungen jeweils vier Wochen vorher gekündigt werden könnten, fand Anerkennung. Betriebsräte sprachen, Intellektuelle redeten, alle waren höchst aufgemuntert. Jeder grüßte jeden, ob er ihm bekannt war oder nicht. Zuletzt saß alles zusammen und lachte und erzählte. Aller Gespräche Mittelpunkt war die Neue Bühne, »unser Werk«.

»No, Genosse Graf, wo sind denn nachher die Zitronenwassersaufer? Ich seh bloß drei alte Weiber da drüben, sonst keinen,« sagte Kiermaier zu mir.

»So. Ja, da siehst Du's schon! Drum wird sich auch unsere Bühne halten, weil bei uns Bier getrunken wird,« lachte ich.

Trotzdem es spaßhaft war, antwortete der herrliche Mann: »Das hab' ich mir auch 'denkt. Mit solche Leut' könnt' man auch nichts machen. 's Bier macht gemütlich. Da laßt sich reden mit den Leuten.«

Lorenz Ehrhart erhob sich noch einmal und dankte allen für das Vertrauen, das man ihm und der alten Vorstandschaft durch die Wiederwahl gezeigt habe. Er war so bewegt, daß man's aus seiner stockenden Stimme heraushörte. Der mächtige Mann wischte sich buchstäblich seine nassen Augen aus, als er mit folgender Rede geendet hatte: »Ihr habt es nun gehört, Genossen, wie wir dran sind. Wenn ich drandenke, wie oft ich schon nicht geschlafen hab' wegen unserer Neuen Bühne. Ich möchte Euch ganz besonders ans Herz legen, werbt und schafft für unser Werk! Wir müssen uns halten! Alles fängt klein an, man braucht bloß zusammenhelfen! Jeder hat hie und da eine Mark über und –« er hob den ausgestreckten Zeigefinger – »Genossinnen und Genossen, es ist nicht schön, daß so wenig ins Theater gegangen wird. Wir müssen Besuch haben! Besucht uns und laßt Euch zeigen, was Kunst ist! Ich geh' oft zu einem Stück zwei-dreimal hinein, da geht es einem erst richtig auf! Man muß oft Geduld haben mit der Kunst! Aber wenn man's begriffen hat, ist's was Schönes! Genossen, ich komme zum Schluß! Werbt, werbt und arbeitet für die Neue Bühne! Wenn dieses große Werk der Arbeiterschaft zusammenbricht, hört sich alles auf! Nachher kriegt man keinen Arbeiter mehr zu sowas! Genossen und Genossinnen, helft uns! Verkauft die Bausteine auch der Bourgeoisie. Das Geld stinkt nicht und wir brauchen es! Werbt für die Arbeiterfestspiele! Helft uns! Laßt nicht aus! Ich schließe damit die Versammlung im Namen der Vorstandschaft und danke Euch allen für das zahlreiche Erscheinen.«

Es war spät geworden.

Vor seiner Haustür sagte Felber zu mir: »Lieber Graf, die schönen Reden machen nichts. Die Volksbühne müssen wir kriegen! Mit dem Reden ist noch nie was gemacht worden.«

»Herr Felber,« sagte ich ebenso, »das waren gar keine so schönen Reden. Aber haben wir nicht die besten Sachen erreicht? Ich möchte einmal gesehen haben, wenn wir Kleinbürger als Mitglieder gehabt hätten, was da geschehen wäre. Die hätten Zeter und Mordio geschrien über das verbrauchte Geld und uns noch vor den Staatsanwalt gebracht! Was dem Arbeiter eine Selbstverständlichkeit ist, macht der Bürger zu einem ungeheuren Opfer. Vielleicht ist's halt so mit uns zwei: Sie denken richtig, aber ich gehör' ganz dazu.«

»Schön, schön, schauen wir weiter,« schloß der Direktor und drückte mir die Hand.

Das Fest und noch allerhand

Man kann nichts übers Knie abbrechen. Dieser Spruch war in bestimmter Hinsicht auf die Beschlüsse unserer Generalversammlung anzuwenden. Dennoch, ein neuer Zug von Hoffnungsfreudigkeit war doch wieder in den meisten.

Als sichtbares Zeichen, daß wir nun mit verdoppelten Kräften an der Ausgestaltung des Unternehmens arbeiteten, malte Schulz die Vorderfront des Gastlokales und unseren Toreingang sehr auffallend an. Ein großes Transparent leuchtete nunmehr abends weithin, darauf stand «Neue Bühne«. Zinnoberrot war die ganze Hauswand, schwarz die Ecksteine am Tore und schreiend blau die Firmenschleife, die über der Gastwirtschaft der ganzen Länge nach hinschlängelte. In heftiggrauen Buchstaben stand darauf: »Gasthaus und Restaurant von Alban Leberle«.

Dieser neue Anblick regte die meisten Genossen auf.

»Geh, das sieht ja aus wie ein Panoptikum!« schimpften welche. Andere wieder meinten, da traue sich überhaupt kein Mensch mehr hinein. Aber allmählich gewöhnte sich jeder an dieses hervorstechende Frontbild.

Es kostete viel Arbeit, bis die Einzeichnungslisten für die Arbeiterfestspiele fertiggetippt waren. Ich hatte alle Hände voll zu tun. Außerdem strengte ich mich auch im Versammlungsbesuch wieder mehr an.

Furchtbar aber war die Wirkung jenes angenommenen Beschlusses, nach welchem nun jedes Mitglied den eingezahlten Anteil kündigen konnte. Ich hatte falsch hingehört bei der Generalversammlung. Nicht, wie ich verstanden hatte, alle vier Wochen, sondern jede Woche konnte nun ein Mitglied, wenn es ihm nicht mehr gefiel, die zwanzig Mark zurückholen und austreten aus unserer Gemeinschaft.

Ich verzweifelte schier über den vielen Besuch. Den ganzen Tag waren Mitglieder da und erkundigten sich genau über diese Neueinführung. Unser Büro war stets voll.

Das ging nun hin und her, auf und ab. So ungefähr: Am Montag zahlten die Leute ein. Meistens waren es Frauen, die den Wochenlohn ihres Mannes brachten. Am Samstag kamen sie schon wieder daher und wollten das Geld. Wir waren also nichts mehr und nichts weniger als eine Sparkasse geworden.

Der Buchhalter kam kaum mehr zum Schnaufen. Immer mußte er eintragen und wieder abmelden.

Bedrohlich war es mitunter. Mit allen Schlichen mußte gelogen werden, denn nicht immer waren die zwanzig Mark da.

Eine Frau kam herein und erkundigte sich ganz schüchtern: »Bitte kann man hier austreten?«

»Ja,« sagte ich und erhob mich, öffnete die Türe und wies ihr den Weg, »dahinten, gleich rechts die erste Türe!«

Die Frau sah mich verdattert an und lächelte dann kopfschüttelnd: »Nein, nein, ich – ich möcht' aus der Neuen Bühne austreten.«

Buchhalter und ich lachten hellauf: »Jaso! Jaso! Jaja, bitte, hier.«

Eine andere Genossin kam und eröffnete uns vertrauensvoll, daß ihr Mann stets das ganze Geld ins Wirtshaus trage, sie möchte es heimlich bei uns »aufheben« lassen, wir sollten nichts verlautbaren, sie würde daheim sagen, die zwanzig Mark habe sie verloren.

»Ja, wenn er aber dann Krach macht?« sagte Brönnle.

»Das macht nichts. Wenn mir die zwanzig Mark bleiben, laß ich mir gern ein paar Watschen geben, Herr!« sagte die flink daherredende Genossin und lächelte gar nicht geschmerzt.

Wieder eine kam daher und wollte gleich vier Anteilscheine. Aber nur für sich. Das sei ihr »Schmuh«, sagte sie, den wolle sie ihrer Tochter, die jetzt aus der Schule in eine Lehrstelle nach auswärts komme, geben.

Schrecklich, schrecklich, ein und aus gingen die Gelder. Wenn man glaubte, für irgendeine notwendige Zahlung die dazu nötige Summe zusammenzuhaben, kam schon wieder ein »austretendes« Mitglied und holte die zwanzig Mark. Wir hätten jedes am liebsten stets auf den Abort geschickt. Verfluchter Hosenknopf!

Endlich bei einer Vorstandssitzung kamen die Genossen Tremel, die Betriebsräte Metzger und Achatz von der Eisenbahn auf den Gedanken, die Statuten genauer durchzusehen. Darnach war eine Kündigung des eingezahlten Betrages nur von Vierteljahr zu Vierteljahr möglich. Nun hieß es, Gott sei Dank: Stopp! Und Brönnle konnte wieder ruhig arbeiten, wir atmeten auf. Freilich kamen Streitigkeiten seitens der Mitglieder vor, aber allmählich legte sich dieser Ansturm.

Schon Weihnachten konnte den Schauspielern keine Extragratifikation gegeben werden. Ehrhart war tiefbetrübt darüber. Er hatte es sich so schön ausgemalt. Von jedem die Hand gedrückt bekommen, mit jedem etliche herzliche Worte zu wechseln. Indessen, wo nichts ist, hat jede Macht (nicht nur der Kaiser) das Recht verloren.

Neujahr rückte heran. Bitter schlecht standen wir.

Am Silvestertag in der Frühe kam Felber sehr aufgeräumt zur Türe herein und sagte: »Wißt Ihr was, heut' nach der Vorstellung machen wir eine Silvesterfeier. Wir verlangen für diese Festlichkeit das Doppelte vom eigentlichen Theatereintrittspreis und kriegen sicher etwas Geld zusammen. Eine Art Pariser Kabarett machen wir! Die Schauspieler geben was zum besten, Musik kriegen wir sicher von einer unserer Genossenorganisationen!«

Ich war sofort für den Plan entflammt.

»Haut schon! Ein richtiges Fest muß es werden!« sagte ich.

»Ja, aber wie steht's mit dem Besuch! Telephonieren Sie an Ehrhart und die andern, Herr Brönnle!« rief Felber hastig.

Der Buchhalter tat es.

Kurz darauf versammelten sich etliche Vorstandsmitglieder mit uns, und alles wurde besprochen.

»Aber wo kriegen wir möglichst viele Leute her!« war die bange Frage.

»Ja,« sagte ich, »wenn's weiter nichts ist, ich krieg' schon Leute, aber getanzt muß auch werden!«

»Jaja, tanzen lassen wir auch!« sagten alle zugleich.

»Gut, dann bitt' ich mir aus, daß ich heute den ganzen Nachmittag frei bekomme. Hundert Personen bring' ich garantiert!« sagte ich.

»Hoho! Na, sagen wir dreißig!« zweifelte Felber und ich bekam frei.

Ich fuhr nach Schwabing. Im Nu verständigte ich die ganze Bohème und was sonst drum und dran hing. Abends kam ich, kurz vor der Vorstellung, und meldete hundert Personen. Felber war hocherfreut. Ehrhart strahlte.

Ich hatte mich mit meiner Hundertschaft auf meinem Atelier verabredet. Um zehn Uhr marschierten wir von dort los. Alles war maskiert wie zu einem Atelierfest. Jeder und jede war verhüllt in einen

Mantel. Ganz bieder kamen wir vor der Kasse an, und nachdem die Eintrittsgelder bezahlt waren, legten die ganzen Leute ab. Der Buchhalter bekam Stielaugen und starrte auf die ausgeschnittenen Damen, auf die phantastisch maskierten Männer, er brachte den Blick nicht weg von der Weiblichkeit, die mitunter nur in einem Badeanzug da war. Ich riß die Türe auf, weit auf und schrie in den sehr schön gezierten, heimelig hergerichteten Saal: »Auf geht's! Bewegung! Schwabing kommt! Hereinspaziert, meine Herrschaften! Auf zum Fest der proletarischen Verbrüderung!«

Eben trug der Schauspieler Hunckele auf der Bühne ein bayerisches Lied vor und der Klavierspieler klimperte kläglich mit. An den Tischen saßen Genossen mit ihren Frauen und schauten erstaunt und verblüfft auf. Mein Zug trampelte herein und schrie und lärmte. Der Schauspieler droben brach ab. Ich sprang auf die Bühne und schrie aus allen Leibeskräften: »Bewegung! Bewegung! Auf geht's!«

Ehrhart kam dahergerannt und beschwor mich, die Feierlichkeit nicht zu verpfuschen, aber zu spät. Schon fingen die Musiker einen Tanz zu spielen an.

»Auf geht's! Auf zum Tanz! Auf!« schrie ich noch mehr, »Bewegung! Bewegung!«

»Oskar! Um Gotteswillen Oskar! Oskar!« brüllte Ehrhart und rüttelte an meinem Arm.

»Lorenz! Lorenz, lieber Lorenz, schau doch, schau!« rief ich ebenso und deutete in den Saal. Da tanzte alles bunt durcheinander.

Der Vorstand verlor vor Verblüffung fast die Fassung, aber nur einen Augenblick, dann lachte er genau wie ich und fiel mir in die Arme.

»Lorenz! Lorenz, Menschen, Menschen san mir alle!« sagte ich und er nickte.

Das ganze Pariser Kabarett hatte im Nu aufgehört. Die Schauspieler waren zuerst ärgerlich, dann fügten sie sich in ihr Schicksal. Ich sprang von der Bühne hinab und nahm die nächstbeste Weinflasche, setzte an und trank, trank, daß meine Gurgel krachte. Ich rannte wie ein Wiesel von Tisch zu Tisch und feuerte jeden und jede an. Alles lachte, alles lockerte sich auf, eine ungeheure Heiterkeit brach an. Knallerbsen und Kinderpistolen krachten, übermütigster Lärm brach sich an den Wänden. Granach tanzte mit einer Genossin linksum, daß einem Hören und Sehen verging. Genossen hielten feine Damen im Arm und schwangen sie in der Luft, unsere Schauspieler waren mitten drinnen, Felber ging unter, er tanzte unablässig. Kein schweres Gesicht sah man. Ich stand auf einem besudelten Tisch und schrie: »Die Verbrüderung hat begonnen! Proletarier und Intellektuelle! Auf zum Gefecht! Nieder mit der Bourgeoisie! Hoch die Internationale! Bewegung! Bewegung! Immer Bewegung!«

Mein Freund Schrimpf bedrohte förmlich die Musiker, damit sie nicht zu spielen aufhörten. Ein toller Wirbel durchbrauste den Saal. Unser mächtiger Vorstand hatte Joppe und Weste ausgezogen und stand schwitzend da. Er war ängstlich und selig zugleich.

»Lorenz, daher! Lorenz, sauf! Wir geh'n nicht unter! Hoch die Neue Bühne!« schrie ich ihm entgegen und prostete mit ihm.

Ich habe in meinem Leben viele Feste und Tanzereien mitgemacht, noch nie erlebte ich je wieder eine solche herzhafte, völlig unmanierierte Fröhlichkeit. Du und Du sagten die Leute, die Arbeiter hockten zwischen den maskierten Frauen, die Genossinnen lachten und waren ausgelassen. Jene wirklich nur in München lebendige, unsterbliche Gemütlichkeit löschte die Stunden aus. Die Zeit war weg, die Sorgen schienen gestorben. Es war, als hätte jeder sein Herz aufgemacht, ganz weit, und ließe einen frischen Luftzug hinein.

»Weißwürscht gibt's! Weißwürscht!« schrie der Wirt, und ich bellte es weiter. Alles rannte wie besessen in die Küche. Nicht schnell genug konnte bedient werden. Schon knatterte und ratterte die Musik wieder, und wieder wirbelte der losgelassenste Tanz durch den Saal.

Schrimpf stand schon wieder vor dem Klavierspieler. Er hob in einem fort die Faust, als wollte er den armen Mann zum Galopp antreiben, er plärrte und schwankte, und auf einmal fiel ihm sein Gebiß heraus.

»Auf zum Frangsä!« dirigierte Ehrhart und alles nahm Aufstellung. Dann ging's erst recht an. Keiner saß, alles war in flinkster Bewegung.

Im Vorbeihuschen erschnappte ich Kiermaier.

»No, was sagst, gell, gar keine Zitronenwassersaufer!« rief ich ihm zu.

»Na du, gute Leut'ln! Sehr lustige Leut'ln!« stimmte er lachend zu.

»Du bist ein Viech, Oskar! Ein Viech! Aber schön ist's, sehr schön!« sagte mein Freund Lorenz ganz aufgelöst.

Plötzlich rannte der rotgesichtige Wirt herein und schrie: »Polizeistund' ist! Die Schutzleut' kommen schon!«

Alles brach ab. Jeder besann sich.

Ich jagte auf die Bühne und schrie, was ich konnte: »Alles rauf auf die Bühne, den Vorhang vor und die Lichter aus. Wenn's weg sind, machen wir weiter!«

Aber was war denn das, die Leute standen und lachten nur. Jeder schaute auf mich.

»Ja, mir sind ja schon da!« sagte eine gemütliche Schutzmannstimme neben mir und als ich aufblickte, sah ich rechts und links die Behelmten.

»Jesus! Jesus! Ja nachher ist's schon aus!« stotterte ich lustig, aber doch verblüfft.

Es half nichts, es half das beste Einreden auf die Ordnungsmänner nicht, so ein Schutzmann ist das Hartherzigste von der Welt. Der Saal mußte geräumt werden. Das Fest war aus. In einer buntscheckigen Kette zogen wir zum Tor hinaus.

Das neue Jahr stand kalt und klar am Himmel.

Am Montag darauf empfing mich Ehrhart im Büro und lachte: »Du, Oskar, in Schwabing wohnen aber schöne Damen!«

»War's nicht schön?« fragte ich heiter.

»Sehr schön! Da haben wir auch wieder viele Anhänger gekriegt. Die kommen alle bloß mehr in die Neue Bühne,« bestätigte mir mein Freund.

Von da ab hieß ich nur mehr der »Genosse Bewegung«.

Leider! – Und ein Rückblick

Fieberhaft begannen wir nun unsere Annäherungsbestrebungen mit der Volksbühne, um zu einem Resultat zu kommen. Unser Plan war der: Wie mit allen Theatern der Stadt, sollte diese Organisation vorläufig auch mit uns einen Abonnementsvertrag abschließen und später sich mit uns ganz verschmelzen. Auch rechneten wir, daß sie mit uns bei den »Arbeiterfestspielen« zusammenginge.

Die Volksbühne hatte angefangen als ein Verein der theaterliebenden Arbeiterschaft, entwickelte sich schnell zu einem großen Unternehmen und zog durch die Vorteile, die sie bot, allerseits Mitglieder an. Hauptsächlich die mittlere Bürgerschaft machte sich innerhalb dieser Organisation bald bemerkbar, und im Laufe der Jahre war sie in der Mehrzahl. Von einer »Volksbühne« im anfänglichen Sinne war schon längst nicht mehr zu reden, und da die jeweilige Vorstandswahl nach dem Prinzip der Stimmenmehrheit gewählt wurde, kamen natürlich bald solche Leute an die Spitze, die weder die Bedürfnisse der Arbeiterschaft kannten, noch berücksichtigten. Was einst so vielversprechend begonnen hatte, war zu der Zeit, als ich bei der »Neuen Bühne« arbeitete, ein durch und durch stagnierendes Konglomerat von bürgerlichen Elementen. Der Apparat rollte sozusagen, weiter schien man nichts mehr zu wollen. Einfluß auf den Spielplan der Bühnen übte man nicht. Was sie boten, wurde ins Abonnement übernommen.

Unsere Arbeiterbühne war jung, lebendig und vielversprechend. Und weil man ihr etwas ausgesprochen Sozialistisches nicht absprechen konnte, strebten natürlich viele Mitglieder der Volksbühne lebhaft danach, mit uns zusammenzugehen. Dieser Teil aber war zahlenmäßig nicht stark genug, um die ganze Organisation umstimmen zu können. Es blieb bei kleinen ergebnislosen Vorstößen dieser Genossen. Nun versuchten wir es mit dem Vorstand der Volksbühne selber. Ein Briefwechsel begann, die Herren wurden eingeladen, besahen sich etliche Vorstellungen und äußerten sich vage.

Ungeduldig darüber diktierte mir Felber einen langen, eingehenden Brief. Es kam die Antwort, daß man die Angelegenheit bei der nächsten Sitzung erörtern werde. Nunmehr besuchte Felber selbst die allmächtigen Leiter. Sie redeten und redeten, dann kamen wieder einige von ihnen und das Resultat war dies: Diese guten Herren gaben ihre Meinung dahin ab, daß die Bestuhlung in unserem Theatersaal, sowie überhaupt die ärmliche Aufmachung bei uns, keineswegs geeignet sei, den Mitgliedern der Volksbühne ein Abonnement anzuraten.

Blaß vor Erregung, niedergeschmettert und verbittert sprach an diesem Tag Felber mit mir.

»Und das Schönste ist, der Herr Stadtrat, der als Vorsitzender fungiert, ist Sozialist. Dieser Arbeitervertreter kann nicht auf Wirtshausstühlen sitzen und verlangt Klappstühle! Was wir leisten, ist ihm, scheint's, gleichgültig. Er will seinen Schafen protzige Säle zeigen. Pfui Teufel!« murrte er verdrossen. »Und wenn wir Foyer haben, finden sie was anderes!« sagte ich ebenso.

»O! O! Sozialismus, wo bist du hingekommen!« raufte sich der Direktor die Haare.

»Nicht der Sozialismus ist wo hingekommen! Bloß gibt's ungeheuer viele, die ihn nicht mehr kennen, wenn sie einmal durch ihn ein Amt erschnappt haben!« erwiderte ich.

Wir schauten uns ratlos an.

»Und was werden da die Massen der Arbeiter sagen, die noch Mitglieder der Volksbühne sind?« fragte der Direktor.

»Nichts! Sie werden Opposition treiben, aber immer wieder überstimmt werden! Wir können nichts tun, als allein weitermachen!« gab ich ihm zurück.

Da brach alle zurückgedämmte Verbitterung aus Felber: »Was ist denn das! Was wird denn da erreicht, wenn's nur nach der zahlenmäßigen Überlegenheit geht! Ein eigenes Theater könnten die Arbeiter haben, ihren Spielplan könnten sie bestimmen, Zug um Zug könnten wir die besten Stücke spielen. Ach ja, ach ja-ja! Wir sind ja arm, wir haben ja keine feinen Polsterstühle, wir sind ja bloß Proletarier. Die aber sind waschechte Sozialisten. Ich hab' noch gar nicht gewußt, daß das zwei Paar Stiefel sind! Jaja, jaja, wir sind eben Idioten! Wir haben noch Ideale und begreifen die Zeit nicht, jaja, jaja! Hm, hm, also so geht's: Wenn man einmal seinen Posten hat, hört sich das Proletariersein auf!«

Er ging hart auf und ab. Ich ließ ihn ausreden. Ehrhart kam herein.

»Was ist's, haben wir was erreicht?« fragte er.

»Nein. Klappstühle wollen die Herrschaften! Unser Saal ist ihnen zu arm. Nein–nein, sagen sie, da können unsere Mitglieder nicht reingehen, da ist's zu wenig fein!« warf Felber gleichsam heraus.

Der Vorstand stand stumm da und sagte gar nichts mehr.

Eine Weile verging.

»Nachher darf sich keiner wundern, wenn wir untergehen,« sagte Ehrhart endlich.

»Wenn alles, was mit besten Grundsätzen anfängt, so wird, könnte man langsam den Glauben verlieren,« brummte ich mehr für mich. Im Augenblick beschäftigten mich Gedanken, die sehr pessimistisch stimmen konnten. Ich schwieg wieder.

»Aber am Ende kriegen wir doch die Mitglieder herüber zu uns, Herr Felber,« meinte Ehrhart bedrückt. Es klang fast so, als rede er sich selber einen Trost ein, als rede er sich den ganzen Unglauben an die gute Sache aus dem Kopf, um nicht zusammenzubrechen.

»So wird's immer sein auf der Welt, glaub' ich! Immer sind es solche wie wir, etliche wenige, die alles drangeben, weil sie an die Sache glauben. Immer sind's die Wenigen, die was vorwärtsbringen. Freilich gehen die immer wieder unter, aber das ist sicher, neue, immer neue kommen. Wenn das nicht so wäre, könnt' man nichts mehr glauben,« sagte ich.

Der Vorstand nickte. Wir sahen uns in die Augen. Jeder hatte Angst vor einem furchtbaren Eingeständnis.

»Ja, das Diskutieren hilft jetzt auch nichts mehr. Machen wir weiter,« sagte Felber stoisch und wir gingen auseinander.

Als ich ins Büro kam, stand der Dichter Gutzeit da. Mit offenen Armen empfing er mich, und gleich fing er wieder an zu sprudeln: »Herr Dramaturg! Herr Doktor! Ich hab's! Ich hab's! Kommen Sie, kommen Sie! Werden Sie sehen, jetzt werden wir einig!«

Ehrhart blieb einen Moment in der offenen Tür stehen, blickte traurig auf den fahrigen Menschen und ging kopfschüttelnd fort.

»Was ich Ihnen gesagt habe. Das Stück läuft jetzt von selbst. Und Melodien hab' ich, sag' ich Ihnen, Melodien! Einfach Mozart!« plapperte das Männchen und beugte sich auf seinen Koffer nieder, öffnete ihn und kam mit dem Manuskript auf mich zu: »Da, sehen Sie, da!«

Er schlug das Personenverzeichnis auf, »fünfzehn Personen noch, aber erschrecken Sie nicht, da kann ein Schauspieler oft zwei und drei Rollen übernehmen. Ach, es geht, es geht! Seh'n Sie, seh'n Sie!« Er blätterte fieberhaft und zeigte mir die intonierten Texte: »Alles fix und fertig. Was sagen Sie. O, ich war fleißig, ich bin dort gesessen Tag und Nacht, ich hab' von vorne angefangen. O, das Stück wird begeistert aufgenommen werden, wundervoll. Ach, ist ja so viel Humor dabei!« Er war schon wieder atemlos und fuchtelte herum wie eine girrende Taube. Er fing auch wieder zu tänzeln an: »Das haben wir geschafft! O nichts als auf dieser echten Volksbühne zu spielen, nichts Schöneres für mich, als in diesem armen Saal, in dieser schlichten Hülle, so viel Strahlendes zu geben. Wunderbar, wundervoll!«

»Zwei oder gar drei Rollen, lieber Herr Gutzeit, das können Sie von keinem Schauspieler verlangen, nein, das geht nicht!« sagte ich endlich fast ein wenig schroff, denn ich war noch immer in Gedanken bei der Absage der Volksbühne.

»Geht nicht? Geht nicht? O, o, Herr Dramaturg, bei dem einen, beim Knecht sind's nur zehn Worte, beim Hannes nur acht Sätze, Herr Doktor! Es geht!« rief er verzweifelt. Er japste nach Luft.

»Herr Gutzeit,« sagte ich mit aller Sanftmut, die ich aufbringen konnte, »wir können nichts Neues aufnehmen!«

Der Mann blieb kerzengerade stehen und starrte mich an. Alles Blut war aus seinem Gesicht gewichen. Plötzlich zuckte er wie epileptisch und weinte fast heraus: »Dann streichen wir auch den Hannes und den Knecht! Ich spreche es gern hinter der Bühne, Herr Dramaturg, gern, ich steh' zur Verfügung, jeden Abend, jeden Abend!«

Er winselte, er verfiel in ein konvulsivisches Zittern, er spreizte seine alten, zerfurchten Finger, er ließ auf einmal seinen Kopf nach hinten fallen, daß ich erschrocken aufsprang und ihn halten wollte. Auch Brönnle schnellte auf. Der Alte hatte die Arme nach vorne ausgestreckt, er schnaubte rasselnd, er röchelte fast und schrie auf einmal wie ein verwundetes Tier auf: »Ich bin ein alter Mann! Ich flehe Sie an, helfen Sie mir, helfen Sie mir!«

»Herr Gutzeit!« sagte ich noch vorsichtiger und legte meinen Arm um seinen Rücken. Er dampfte vor Schweiß. Ich fühlte die nasse Wärme durch meinen Ärmel. »Herr Gutzeit, kommen Sie, kommen Sie! Setzen Sie sich erst einmal, bitte!« rief ich und führte ihn zum Stuhl. Er brach nieder wie erstorben.

Eine bange Weile verstrich. Brönnle stand da und glotzte auf den zerknirschten Mann, ich wartete ebenfalls. Endlich hob dieser den Kopf und schaute mir in die Augen.

»Ist's wahr, geht's wirklich nicht? Wirklich?« fragte er, »wirklich nicht, auch wenn ich den Hannes und den Knecht und – ja–ja, auch, den Postboten und den Nachtwächter streiche? Geht's wirklich nicht, wirklich?«

»Es – geht – nicht, – weil – wir zumachen! – Wir – schließen – unser – Theater – bald,« sagte ich schwer und langsam.

»Schließen – schließen?« fragte der Alte tonlos und starrte wieder in die leere Luft, »zumachen?« Er warf den Kopf herüber und schaute nach mir. Er sagte nichts mehr und atmete scharf wie ein winddurchfegtes Ofenrohr.

Ich ging bedachtsam an meinen Tisch und nahm das Manuskript in die Hand. Er sah mir zu wie ein Verurteilter, der apathisch den Vorbereitungen zu seiner Exekution zusieht. Ich reichte ihm das Manuskript. Er rührte keine Hand. Ich tat es in seinen Koffer. Er ließ es geschehen.

»Herr Gutzeit,« sagte ich. Er gab nicht an. Ich ließ ihn sitzen und ging wieder an meinen Tisch.

»Der kriegt noch einen Anfall,« wisperte Brönnle ganz leise.

Ich wehrte ab mit den Augen und setzte mich. Unablässig behielt ich den zusammengebrochenen Dichter in meinem Blick. Wie ein Hohn auf die Natur selber, wie eine stumme Figur der Anklage saß er da. Draußen stöberte der dichte Schnee hernieder. Der Mensch hier war gekleidet wie im Sommer. Alles, war er bei seinem ersten Besuch getragen hatte, war auch heute auf seinem Leib, auch der Strohhut saß auf seinem zerzausten Kopf. Durchnäßt war er, dieser Strohhut, und das angegelbte Wasser rann in kleinen Strähnen über die Wangen und verlor sich im grauen Bart.

Immerzu kämpfte ich mit dem Entschluß, ob ich dem Alten mein letztes Geld geben sollte oder nicht, immerzu aber drängte sich mir das Gefühl auf, als beleidigte ich ihn dadurch. Ich schluckte bedrückt.

Jetzt erhob sich der Alte ganz ruhig, nahm seinen Koffer vom Boden auf und sagte sonderbar förmlich: »Ja, dann ist's wohl besser, ich gehe wieder. Ich will die Herren nicht mehr länger stören, guten Tag!« Er nickte ernst, schwankte ein wenig, riß sich aber sogleich zusammen, nahm die Türklinke, öffnete und tappte langsam hinaus. Er warf die Tür nicht zu, ganz ruhig schnappte sie zu. Ich horchte atemlos. Ja, er ging wie gewöhnlich weiter, die Schritte wurden dumpfer, dann ging die Korridortüre und still war es.

Ich holte tief Atem.

»Schrecklich! Schrecklich!« stammelte ich halblaut heraus. Brönnle schien auch erschüttert. Er schwieg. –

Schon seit etlichen Tagen spürte ich etwas Dumpfes in meinem Kopf, achtete aber nicht darauf. Eines Nachts erwachte ich und jetzt war es ein heftiger, stechender Schmerz. Ich machte Licht und betastete meine Stirn, meine Wangen. Ich fühlte ungewöhnlich starke Schwellungen und konnte kaum aus den Augen sehen. Mein ganzer Körper lag in Schweiß und nun fror ich. In der Frühe hatte ich einen Kopf wie eine mächtige runde Weltkugel. Ich blieb liegen und schickte meine Putzfrau zur Neuen Bühne.

»So, jetzt das auch noch, hat der Herr Direktor gesagt,« richtete mir die Zurückkommende aus.

Kurz darauf mußte ich an schwerer Nebenhöhleneiterung operiert werden. Beinahe sechs Wochen lag ich krank darnieder. So hörte meine Tätigkeit bei der Neuen Bühne auf.

Etliche Monate später mußte sie schließen.

Niemand ist leichtgläubiger als Menschen, die in höchster Not stehen. Kurz vor dem Zusammenbruch hatte sich noch ein geschwätziger Betrüger in den Betrieb eingeschmuggelt, der durch sein Reklamesystem einen unerhörten Aufstieg prophezeite. Geld und wieder Geld verlangte er und verschwand eines Tages.

Als die Genossenschaft liquidieren wollte, stellten sich Unregelmäßigkeiten in der Anwendung der Statuten heraus, und beinahe wären all die grundehrlichen, aufopferungsbereiten Genossen noch vor Gericht gekommen. Ein halbes Jahr lang noch setzte sich ein fanatisch-bürokratischer Genosse, namens Schurig, hin und ordnete die Bücher und Akten.

Was mit soviel schöner Begeisterung angefangen hatte, zerfiel traurig. Alle, die ihre schwer erarbeiteten Ersparnisse geopfert hatten, verloren sie. Ich habe niemanden sonderlich klagen hören. Es scheint, daß wirklich nur Menschen, die ihr Leben lang von der Hand in den Mund leben, nicht am Errafften hängen.

Wieder zog jene bedrückende Hoffnungslosigkeit in die zerfallene Gemeinschaft dieser Aufrechten, die Ehrhart mit den einfachen Worten so richtig gekennzeichnet hatte: »Wenn dieses Werk auch zugrund' geht, dann kriegt man keinen Arbeiter mehr zu etwas Ähnlichem.«

Er litt am meisten daran. Man erzählte mir, daß er Wochen und Wochen beinahe gemütskrank herumging.

Die Schauspieler zerstreuten sich in alle Winde und fanden neue Engagements. Felber gründete mit einem Herrn Mellinger ein Jahr hernach eine hochliterarische »Schaubühne« und führte exklusive Stücke auf. Oft, wenn wir uns trafen, und heute noch, da er irgendwo in Schlesien Intendant ist, faßt er das Erlebnis dieser bewegten, anstrengenden Jahre in die wehmütigen Worte: »Es war vielleicht die schönste Bewegung der Arbeiter. Und wir hätten etwas Gewaltiges daraus machen können!«

Das könnte traurig stimmen. Dennoch ist nichts von unserer damaligen Arbeit umsonst gewesen, denn die wirkende Zusammengehörigkeit der Wenigen hat sich im Laufe der Jahre erhalten, ist stärker geworden und hat die lauen und fremden Elemente abgesondert.

Die Neue Bühne war schließlich auch nur ein Teil jener Anstrengungen, die ein großer Kampf immer verlangt. Tausend und abertausend solche Versuche werden vielleicht noch scheitern. Mißgeschick und Unglück können nicht zerbrechen, was eine gute Not zusammenschweißt. Im Glück kann einer leicht stark sein, das wahrhaft Mutige zeigt sich nur im Trotz gegen die Niederschläge.

Es war ungefähr ein Jahr nach dem Zusammenbruch, als ich Ehrhart Koffer schleppend im Hauptbahnhof traf. Er ließ seine Lasten fallen und grüßte mich wie einen von den Toten auferstandenen Freund. Er war wieder der Alte. Das gutmütige, männliche Lächeln umspielte sein gesundes Gesicht.

»Oskar!« schrie er, daß alle Leute schauten, »die Arbeiter sind doch einig untereinander! In der ganze Welt stehen sie zusammen! Denk' Dir, schweizerische Genossenschaften haben unsere Schulden bezahlt! Jeder, der wo was verloren hat, hat's wieder gekriegt! Da kann man doch wirklich sagen, die Solidarität unter uns findet man überall!«

Er war heiter wie ehemals. Er schleppte seine Koffer zum Perron und bat mich, zu warten. Wir saßen nachher zusammen und tranken wie Brüder.

»Jetzt glaub' ich wieder, jetzt hoff' ich wieder!« sagte er ein um das andere Mal und prostete mir zu: »Die Arbeiter sind nicht umzubringen! Wir kommen doch noch obenauf!«

Und bei diesen Worten war's, als sei mein Hirn das ehemalige Büro unserer Neuen Bühne. Wieder gingen sie alle aus und ein, die heiteren, mutigen, immer zum Kampf bereiten Freunde und Gefährten aus einer schweren Zeit. Und wieder lebten in meiner Erinnerung alle jene Geschehnisse auf, viel schöner, als sie je ein Dichter beschreiben kann.

»Weißt Du, Lorenz,« sagte ich eigentümlich gerührt, »gegen uns steht ja die ganze Welt. Das ist wahr. Wir haben's schwerer wie andere Menschen und Klassen. Aber ich denk' da immer an den Zug der Cimbern und Teutonen ins Italien hinein. Weißt du, da hat uns der Lehrer immer davon erzählt. Die hat niemand besiegen können, und überall haben sie Furcht und Schrecken verbreitet. Aber einmal ist ein römischer Feldherr auf einen sehr schlauen Gedanken gekommen. Er hat seine eingeschüchterten Krieger etliche Wochen lang um das Lager der Cimbern und Teutonen herummarschieren lassen, immer wieder, immer wieder, verstehst Du! Er hat ihnen so lange diese Riesen gezeigt, bis sie sich daran gewöhnt haben, bis sie sozusagen den Respekt verloren und Mut gewonnen haben. Und dann! Dann hat er die Cimbern und Teutonen besiegt. Bei uns ist's, glaub' ich, genau so. Die Welt, die uns entgegensteht, das ist das Heer der Cimbern und Teutonen. Je länger wir sie anschauen, desto mehr verlieren wir den Respekt vor ihrer Macht, und einmal schlagen wir sie!«

»Oskar,« sagte mein Freund, der dies langsam begriff, »grad' ist's, wie wenn'st wieder eine Einführungsrede halten tät'st. Jaja, ich versteh' dich schon, ich versteh', dich. Ich seh' jetzt hinter die Gaudi. Ganz recht hast!«

Anhang

Oskar Maria Grafs »Erklärung«

Die *Neue Zeitung. Bayerisches Organ der Kommunistischen Partei Deutschlands (Sektion Kommunistische Internationale)* bot ihren Lesern Oskar Maria Grafs *Wunderbare Menschen* fortsetzungsweise vom 18. August bis 25. September 1928. Einen Tag vor Beginn des Abdrucks, am 17. August, annoncierte die Redaktion »an Stelle unseres neuen Romans« das Buch: »Eine Erzählung aus dem Leben der Arbeiterschaft für die Arbeiterschaft zur Lehre und Schulung. Jeder muß das hervorragende Werk des Arbeiterdichters Oskar Maria Graf gelesen haben.« Im selben Jahrgang erschienen auch noch zwei Erzählungen Grafs[1].

Wie schon 1925 beim Fortsetzungsdruck der *Chronik von Flechting* in der SPD-Zeitung *Münchner Post* schickte der Autor für die Zeitungsleser eine programmatische Einleitung voraus[2], die hier erstmals vollständig im Buchdruck zu lesen ist. Sie ist den Abdruck wert, dokumentiert sie doch Grafs polemischen Stil und dazu auch seine gegenüber 1925, dem Jahr des *Chronik*-Vorabdrucks, veränderte politische Orientierung – von der SPD- zur KPD-Zeitung. Graf reagierte auf die nach Erscheinen der Buchausgabe von *Wunderbare Menschen* erfolgten Einwände seiner Zeitgenossen, vor allem die Vertreter der kommunalen Kulturverwaltung.

In der Vorlage gesperrte und fett gedruckte Wörter werden kursiviert, wenige Druckfehler korrigiert, die Anmerkungen stammen vom Herausgeber.   Ulrich Dittmann

---

[1] *Bayrische Feme. Eine wahre Geschichte* von Oskar Maria Graf – nicht mehr nachgedruckt – am 3.2. und *Die Ausgeschmierten* aus dem *Bayrischen Dekameron* am 15. Dezember 1928.

[2] Seinen Roman *Chronik von Flechting* hatte er 1925 noch an die *Münchner Post* als Vorabdruck gegeben (vgl. den Abdruck dieser Einleitung im Nachwort zu Oskar Maria Graf, Die Chronik von Flechting, edition monacensia/Allitera Verlag München 2009, S. 172–175).

Eine notwendige Erklärung.
Verspätete Antwort
an die unbefleckten Heiligen der Münchner Volksbühne.
Von Oskar Maria Graf.

In der nächsten Zeit bringt die »Neue Zeitung« mit Genehmigung des Verlages J. Engelhorns Nachfolger mein Büchlein »Wunderbare Menschen, heitere Chronik einer Arbeiterbühne, nebst meinen drolligen und traurigen Erlebnissen dortselbst« zum Abdruck. Der Titel sagt bereits, was darin erzählt wird und bei der betreffenden Arbeiterbühne handelt es sich um die einstige »Neue Bühne« in München.

Dieses Büchlein hat niemanden so erregt wie die Herren von der Vorstandschaft der Münchner Volksbühne. Wahrheitsgemäß nämlich berichte ich darin

1. daß unsere rein proletarische »Neue Bühne«, welche nach der damaligen Ansicht aller hiesigen Theaterkritiker außerordentlich gute Aufführungen bester Stücke herausbrachte, alsbald in die bedrängteste Lage kam und
2. an die Münchner Volksbühne herantrat, um sie dazu zu bewegen, bei ihr genau wie bei allen anderen bürgerlichen Theatern Vorstellungen zu abonnieren,
3. daß die Volksbühne auch einst von der Arbeiterschaft begründet worden war und sich im Laufe der Zeit zu einem »durch und durch stagnierenden Konglomerat von bürgerlichen Elementen« entwickelt hatte, dem immerhin noch Sozialdemokraten vorstanden,
4. daß einer dieser Herren Vorstände eines Tages zu uns kam und solche Abonnements mit der eigentümlich bezeichnenden Begründung ablehnte, einen derart ärmlichen Theaterraum könne er seinem Publikum nicht zumuten, es müßten vor allem Klappstühle beschafft werden. Und endlich
5. wird von mir geschildert, daß diese Ablehnung den Zusammenbruch unseres sowieso schon schwer um seine Existenz ringenden Unternehmens herbeiführte.

Nebenbei erlaubte ich mir in dem Büchlein auch noch, die bei uns mitwirkenden Schauspieler so zu schildern, wie ich sie als Typ erlebte.

Dies alles nun brachte die besorgten Herren in Wallung, und in *welche* Wallung erst!

Kurz nach Herauskommen des Büchleins erschien im Blatt der königlich bayerischen Sozialdemokratie ein durch seine oberlehrerhafte Heftigkeit besonders drolliger Angriffsartikel von Herrn Hermann *Eßwein*[3]. Herr Hermann Eßwein, der frühere Geistergeschichtenerzähler, der kühne Strindbergtourist, dessen Erkenntnisse über diesen großen Dichter sich so sehr verstiegen, daß sie krachend in einen Abgrund stürzten und dort in Buchform begraben liegen – Herr Eßwein, der großartige sozialdemokratische Sachwalter des allerdings schon ein wenig antiquierten Artikels »Münchner Kunst«, welcher seit Jahr und Tag in der »Münchner Post« ellenlange Aufsätze über Theateraufführungen, Kunstausstellungen, künstlerische Erziehungsfragen, Kunstgewerbe und dergleichen schreibt, bei denen man am Schluss meist nicht mehr weiß, was am Anfang gesagt worden ist und von denen sicher nur er allein begeistert ist – dieser gute, biedere und zweifellos schreibgewandteste Mann in der Körperschaft des Vorstandes der Münchner Volksbühne regte sich vorerst einmal ganz privatim in den Spalten seines Blattes über meine Behauptungen auf und wies mich streng zurecht.

Er entdeckte auch richtig, daß unser Unternehmen im Gegensatz zur Volksbühne getragen war »vom Zauber einer politisch-weltanschaulichen Idee« und »die Massen hinüberziehen wollte in eine literarisch-künstlerische Welt klassenmäßig bestimmter Tendenzen«, aber das scheint dem pseudosozialistischen Kunstpriester höchst verwerflich und vor allem – unvorteilhaft in geschäftlicher Beziehung. Klugheit, Vernunft und »gebotene Vorsicht« gelten Herrn Eßwein am meisten. Im Stil eines Polizeibereichtes schreibt er dann auch weiter:

»Die Veröffentlichung (meines Buches) ist im Einklang mit der nichttendenziös ausgesprochenen, wohl aber deutlich betätigten radi-

---

[3] Hermann Eßwein lieferte nicht nur Beiträge zum Feuilleton, sondern publizierte auch ein Buch über Strindberg und schrieb Künstlermonografien zu Zeitgenossen, ähnlich wie Graf, der über Schrimpf und Uhden geschrieben sowie Rezensionen zu verschiedenen Zeitungen geliefert hatte, sie waren also quasi ›Kollegen‹. In Teilen liest sich Grafs Polemik auch wie eine Replik auf Eßweins 1920 im *Neuen Merkur* (3. Jg., S. 620–629) erschienene Abhandlung zur Volksbühnenbewegung, in der er »alles tendenziöse Ausschneiden und Zurechtrücken der Kunst unter dem Gesichtswinkel, sei es parteipolitischer, sei es kirchlich-konfessioneller Zielstrebigkeit« ablehnt und »kulturelles Behagen […] bei der großen Sachlichkeit der Kunst« propagiert.

kalen Gesinnung des Autors darauf angelegt, das klägliche Ende der Neuen Bühne als moralische schuld einer Körperschaft aufzubürden, die eben klug genug war, kulturelle Bestrebungen und parteipolitische Tendenzen nicht in einen Topf zu rühren – der Münchner Volksbühne.
»Dieser« wird als »Schande, als Verrat an der Arbeiterschaft angerechnet, was (höre, o Leser den Jargon der Hermann Müller-Republik![4]) billigen Erachtens nur die Haltung gesunder Vernunft und gebotener Vorsicht war, nämlich sich nicht vor ein bereits in den Bankerott gewirtschaftetes Unternehmen spannen zu lassen und dergestalt in der proletarischen Theaterbewegung, das heißt in ihrem Bankerott aufzugehen.«
Und nun kommt etwas unten im Text, eine geradezu niederschmetternde Rüge, die ich glücklicherweise überlebt habe.
Nämlich im höchsten Brustton seiner Entrüstung meint der gute Hermann, »er habe mir auf dem Gebiete persönlicher Polemik, die ohne Namensnennung, offenbar die damalige Vorstandschaft angeht, keine Schranken zu ziehen (o, welch eine demokratische Weitherzigkeit! O.M.G.), doch muß im Interesse der Volksbühnenbewegung als solcher, an der in ganz Deutschland gerade die Arbeiterschaft regen Anteil nimmt, eine literarische Tendenz deutlich zurückgewiesen werden, die in unheilvollster Weise zwischen diese Kulturbewegung und die Arbeiterschaft Mißtrauen säen kann. Dann muß Oskar Maria Graf die intellektuelle und ethische Befugnis in schärfster Form abgesprochen werden ...«
In dieser Tonart gings in besagtem Artikel frisch-fröhlich weiter. Gemütlich, wie ich bin, erheiterte ich mich dran und lebte mein anrüchiges Leben weiter. Dies hinwiederum aber muß den nun einmal entflammten Mann geärgert haben. Jedenfalls – in der Neujahrsnummer des Literaturblattes der Frankfurter Zeitung (1. Januar 1928) erschien eine anerkennende Kritik Max Hermann-Neißes[5] über mein Büchlein, worin unter anderem gesagt wurde:
»Besagte Münchner Arbeiterbühne ging gewiß nicht daran zugrun-

---

[4] Hermann Müller (1876–1931) war leitender SPD-Politiker, Parteivorsitzender und zweimal Reichskanzler 1920 und 1928–1930, er galt als »Zentrist«, ein Mann des Ausgleichs.
[5] Max Herrmann-Neisse (1886–1941) expressionistischer Dichter, Dramatiker und Essayist, ab 1933 im Londoner Exil; Oskar Maria Graf liebte sein Gedicht *Ein deutscher Dichter bin ich einst gewesen*.

de (gemeint ist meine keineswegs musterhafte Dramaturgentätigkeit. O.M.G.), sondern an der Schwerfälligkeit des Gewerkschaftsapparates der ›Volksbühne‹ und an der ehrenvollen Leichtgläubigkeit opferwilliger Idealisten.«

Diese Rezension und vor allem dieser Satz brachten die Barden des Münchner Kunstkonsumvereins, genannt »Volksbühne« völlig außer Fassung. sie setzen sich zusammen und verfaßten eines geradezu wutdröhnende Entgegnung. Sie wiesen den Rezensenten abermals streng zurecht und warfen ihm vor, »er habe sich Oskar Maria Grafs mit feindlicher Ironie hervorgekehrte unrichtige Auffassung zu eigen gemacht« und überhaupt ohne »genügende Kenntnis der örtlichen Verhältnisse«, sich nur an meine erzählten Tatsachen gehalten. Die aber seien entstellt. So und nicht anderes wäre es gewesen:

»Die richtige Tatsachenlage ist, daß die Neue Bühne, als politisch radikale Agitationsplattform begründet und gegen die politisch neutrale Bildungsarbeit der Volksbühne ausgespielt, erst in dem Zeitpunkt eine Vereinigung mit der vorher bekämpften Volksbühne anstrebte, als die Genossenschaft Neue Bühne mit einer erheblichen Schuldenlast vor dem, wie Graf in seinem Buch selbst andeutet, straffälligen Zusammenbruch stand. Hätte die Volksbühne den tiefergreifenden Gegensatz zwischen der politisch tendenziösen Haltung der Neuen Bühne und ihren eigenen parteipolitisch neutralen Bildungsgrundsätzen schließlich dem Ausgleich der Zeit überlassen können, so war es ihr doch verboten, die Beiträge ihrer Mitglieder und ihre sonstigen Mittel für ein an seinen eigenen unbehebbaren Organisationsmängeln gescheitertes Unternehmen einzusetzen. Ein beiläufig erhobener Einwand der Volksbühnenleitung gegen die völlig unzureichende Bestuhlung und Beheizung des Theaters entsprang keiner ironisch festzunagelnden Kleinlichkeit der Gesinnung, sondern betraf die auch einem sehr anspruchslosen Publikum kaum noch zuzumutenden äußeren Anzeichen des wirtschaftlichen Zusammenbruchs, den die Leitung der Neuen Bühne selbst verschuldet, also auch selbst zu verantworten hatte.«

Im zweiten Punkt heißt es dann inbezug auf den Ausdruck »Schwerfälligkeit des Gewerkschaftsapparats der Volksbühne«:

»Die Münchener Volksbühne war zu keiner Zeit ihres Bestehens eine Einrichtung der freien Gewerkschaften. Sie war und ist (man beachte! O.M.G.), wie alle im Deutschen Volksbühnen-Verband zusammen geschlossenen Vereine, ein freier Zusammentritt von weltanschaulich gleichgesinnten Theaterfreunden aus allen erwerbstätigen Schichten und aus verschiedenen auf dem Boden der neuen Zeit stehenden Parteien.« Später wird noch gesagt: »An der Schwerfälligkeit des Gewerkschaftsapparats ist also die Neue Bühne sicher nicht gescheitert« und am allerspätesten zeigen sich diese menschenfreundlichen Vorstände auch absolut ethisch einwandfrei, indem sie schnell noch anflicken: »Sachlich unrichtig sind ferne die vom Referenten übernommen angriffe Grafs gegen das heute in aller Welt zerstreute Ensemble der Neuen Bühne. dieser kleine Kreis von Künstlern, der sich in schwerer Zeit redlich für eine verlorene Sache bemüht hat, verdient keineswegs eine pauschale Herabsetzung usw. ...«

Ehrwürdige Namen stehen unter dem Schreiben, das am 22. Januar 1928 in der Frankfurter Zeitung erschien. Die ganze Vorstandschaft, nämlich: Stadtrat *Mauerer*,[6] Vizepräsident E. *Auer*,[7] Justizrat *Dr. Strauß*, Vorsitzender der Münchner Volksbühne und endlich *Hermann Eßwein*.

Ehrwürdige Namen, fürwahr! Dieses Gremium also überwacht in schlafloser Sorge die Kunst, welche die Münchner Volksbühne den beitragzahlenden Arbeitern vorzusetzen hat. Eine Kunst, die gewißlich nichts Tendenziöses und Politisches an sich hat, die absolut stubenrein, das heißt weit weg von allem Revolutionären ist. Warum und wieso auch.

Hat vielleicht Herr *Erhard Auer*, der Dreistern im einstigen Bädeker der sozialen Reaktion, eine Veranlassung dazu?

Hat Herr Stadtrat *Mauerer*, beflissen, seinem bürgerlichen Volksbühnenpublikum stets Rechnung zu tragen, immer bedacht darauf, daß Bestuhlung und Aussehen des Theaterraumes wichtiger sind als das Stück, das gegeben wird, hat dieser Herr etwas das Bedürfnis nach revolutionärem Theater?

---

6 Der in Fußnote 3 zitierte Essay nennt M. den »volkstümlichen Begründer der Münchener Volksbühne« und feiert die »genialische Spontaneität des kunstergriffenen Autodidakten« (S. 627).

7 Erhard Auer war als Vorsitzender der Mehrheitssozialisten auf Ausgleich, das heißt selbst auf Koalition mit der BVP bedacht; er war Innenminister in der Eisner-Regierung 1918–1919 und von 1919–1933 Münchner Stadtrat, er wurde 1933 von den Nazis misshandelt und inhaftirt. Eßwein nennt ihn im erwähnten Essay den »heroischen Zertrümmerer der engen Parteischablone« (S. 627).

Herr *Hermann Eßwein* stand zwar damals, als er wahre Hymnen auf die Darbietungen der Neuen Bühne schrieb, noch nicht im Zenith seiner gewichtigen fünfzig Jahre, aber – wie gesagt – »Klugheit, Vernunft und gebotene Vorsicht« ließ er wohl immer vorsorglich walten. Und die »neue Zeit« steht nun einmal. Würde ist wichtiger als Kampf um eine neue Welt.

Und was wird wohl wohlbestallter und sicher außerordentlich liebenswürdiger Herr Justizrat für ein Interesse daran haben, daß der Meistzahl der Volksbühnenmitglieder, daß Arbeitern Theaterstücke vorgeführt werden, die revolutionär aufwieglerisch sein könnten?

Genug, genug. Herr Referent Max Hermann-Neisse hat sich damals in der Frankfurter Zeitung sofort vor solch mächtigen Leuten gebeugt und in einer Fußnote des gleichen Blattes erklärt, »er habe sich auf Grafs Angaben verlassen und es habe ihm selbstverständlich völlig ferne gelegen, irgendwelche Personen der Münchner Volksbühne herabzusetzen« – aus.

Und ich? Ich mußte lachen und fand's nicht für wert, den unbefleckten Heiligen der Volksbühne zu antworten, denn was liegt mir daran, wie sie über mich und meine Bücher denken!

Jetzt aber, da meine Genossen das, was ich aus den schönen Jahren von damals an Erinnerungen aufgeschrieben habe, lesen, antworte ich für sie.

Nebenbei bemerkt: Herr Eßwein, ich spreche mir keine andere intellektuelle und ethische Befugnis zu wie jeder Arbeiter, der Kritik an einer Sache übt, die ihn angeht.

1. Jawohl – und Tausende denken so wie ich! – die Münchner Volksbühne, die Volksbühne überhaupt, ging aus der Arbeiterschaft hervor und ist heute, wenn auch ganz geheim, gedacht als Unternehmen der sozialdemokratischen Theaterfreunde. Sie wagt nur nicht – wie das ja auch die Partei hundertmal in der Praxis zeigt – im Interesse des Mitgliederfanges dies öffentlich zuzugeben. Wie käme es denn sonst, daß in München eine »Theatergemeinde« auf mehr katholischer Grundlage gegründet worden wäre, der man uneingestanden feindlich gegenübersteht?
2. Jawohl, wir mit unserer Genossenschaft revolutionärer Arbeiter wollten ein Theater, das politisch-tendenziös war. Wir haben das nie verleugnet und Mitglieder, die bei uns waren, zugleich aber bei der Volksbühne die Mitgliedschaft hatten, wiesen in den Ver-

sammlungen der letzteren immer wieder darauf hin, daß, wenn die Volksbühne sich ihrer ursprünglichen Idee nähern wolle, sie unbedingt mit uns zusammengehen müßte.
3. Jawohl wir waren arm, unsere Organisationsmängel standen fest, dennoch boten wir nach Ihrer eigenen Auffassung, Herr Eßwein, Außerordentliches und teilweise sogar Besseres als die sonstigen Münchner Bühnen, uns hielt wirklich die »Zauber einer politisch-weltanschaulichen Idee« zusammen.

(Was hält eigentlich, wenn man gelinde fragen darf, die Volksbühne zusammen? Steckt denn nichts anderes mehr dahinter als verbilligte Karten für die verschiedenen Vorstellungen?)
4. Es ist nicht wahr daß die Volksbühne, wenn sie mit uns zusammengearbeitet hätte, in »ihrem eigenen Bankerott aufgegangen« wäre. Was soll denn das heißen in der Berichtigung der Volksbühne in der Frankfurter Zeitung: »... so war es ihr (der Volksbühne O. M. G.) doch verboten, die Beiträge ihrer Mitglieder und ihre sonstigen Mittel für ein an seinen eigenen unbehebbaren Organisationsmängeln gescheitertes Unternehmen einzusetzen?« Das hört sich so an, als hätten wir von der Volksbühne irgendwelche Geldbeträge gewollt. Nach eifrigster Nachforschung bei allen damals beteiligten Genossen der Neuen Bühne ist ein solches Ansinnen nie gestellt worden. wir wollten nichts anderes, *als Leute*, die uns den Theatersaal füllten Dieses Risiko war keineswegs so einschneidend, war damals überhaupt keins. Die Volksbühne brauchte bloß – wie sie das ja ja bei anderen bürgerlichen Theatern ebenso handhabe – sogenannte »geschlossene Vorstellungen« von uns abzunehmen. Kein Mensch hätte dabei Geld verloren, im Gegenteil, jeder wäre auf seine Kosten gekommen. Selbst wenn wir früher oder später wirklich zusammengebrochen wären, hätte die Volksbühne wenigstens Pflicht und Schuldigkeit einem sehr beachtenswerten Unternehmen der Arbeiterschaft erwiesen.
5. Es stimmt vollauf, daß wir erst dann, als Herr Stadtrat Mauerer die Abnahme solcher geschlossener Vorstellungen mit jener gekennzeichneten Redewendung ablehnte, zusammenbrachen. Es war also doch »Schande und Verrat«.
6. Dies allerdings war von Herrn Hermann-Neisse falsch, von einer »Schwerfälligkeit des Gewerkschaftsapparates der Münchner Volksbühne« zu reden. Nein, die Gewerkschaften können höch-

stens an ihrer *eigenen* Schwerfälligkeit zusammenbrechen. Auch sie unterstützten uns ja nur allernotgedrungendst. Uns hielten lediglich die *Betriebe*.
7. Und was die Schauspieler angeht – sie haben sich durchaus nicht zu uns bekannt und was »ihr redliches Bemühen« anlangt, sie hatten Verträge mit uns und wurden mit sauererworbenen Arbeitergroschen bezahlt. Jeder von ihnen leistete das, was er an jedem anderen Theater auch geleistet hätte. Sie opferten nichts, gar nichts, sie verdienten nur. Keiner wird mir verbieten können, diese Mimengestalten *so* zu zeichnen, wie *ich* sie sah, wenn nicht gar – erlitt. Warum denn auf einmal, ihr unbefleckten Herrn, die unangebrachte Sorge? Haben Sie sich, hat die Volksbühne sich vielleicht um die Schauspieler gekümmert, als wir Schluß machen mußten? Und im übrigen – sie sind gewiß nicht in aller Welt verstreut, aber alle haben sie wieder gute Engagements und (wenn es auch nicht direkt hierher gehört) – die Arbeiter, die damals alles hergaben und fast nichts mehr bekamen? Was ist aus ihnen geworden? sie sind noch immer Proleten wie ehemals und viele von ihnen sind arbeitslos. Verehrte Herren, wo ist denn hier Ihre Menschenfreundlichkeit? Aber Arbeiter braucht man anscheinend nur, um in gegebenen Momenten von ihrer »regen Anteilnahme« sprechen zu können – sonst bleibt man hübsch »politisch neutral«.

Ich betone noch einmal, und mit aller Eindringlichkeit: Die damalig Neue Bühne war etwas wirklich Neues und Großes und ging jämmerlich zugrunde durch die grauenhaft einsichtslose Haltung der Münchner Volksbühne.
Uns vereinte nicht nur ein kämpferisch-politische Idee allein. Bei uns gab es faktisch kein indifferentes, bloß beitragzahlendes und irgendwelche Vergünstigungen einheimsendes Mitglied. Dadurch nämlich, daß wir jeden Genossenschaftler zum gleichzeitigen *Mitbesitzer* des Theaters machten, daß wir ihn zum Mitwisser und Mitbeteiligten an unseren Nöten machten, zogen wir ihn in einen fruchtbringenden Pflichtenkreis: Er spürte auf einmal eine echte Verantwortlichkeit, er nahm Teil am Ganzen, weil ja alles *seine* Sache war. So waren wir der Anfang einer lebendigen Gemeinschaft gegenüber der »Organisation«.
Und gerade weil es so war, weil nur einer solche innere und äußere

Umstellung die Volksbühne hätte retten können aus ihrer stickigen bürgerliche Gefangenschaft, eben deswegen war ihr damaliger Verrat um so schändlicher.

*

Und nun warte ich drauf, daß das holde Gremium allseits die Backen aufplustert, sich in die sozialdemokratische Heldenbrust wirft und Zeter und Mordio über mich schreit.

Herzliche Grüße
Oskar Maria Graf

Nachwort

Zur Entstehung und Rezeption

Im Jahr 1927 erschienen vier Bücher von Oskar Maria Graf: *Licht und Schatten. Eine Sammlung zeitgemäßer Märchen*, sein durchschlagendes Bekenntnisbuch *Wir sind Gefangene*, eine Sammlung von Dorfgeschichten *Im Winkel des Lebens* und *Wunderbare Menschen. Heitere Chronik einer Arbeiterbühne nebst meinen drolligen und traurigen Erlebnissen dortselbst.*
Weder davor noch danach gab es ein so produktives Jahr.

Graf hatte die vier Bücher an vier verschiedene Verlage gegeben, darunter die Büchergilde Gutenberg, einen damals gewerkschaftlich organisierten Buchklub mit hohem bibliophilem Anspruch. Man hat den Eindruck, der Autor wollte dem Vorsatz seines Freundes, des Malik-Verlegers Wieland Herzfelde entsprechen, möglichst viele »Gleichgesinnte in bürgerlichen Verlagen erscheinen«[1] zu lassen – das heißt die sogenannte linke Literatur weit zu streuen. Herzfelde hatte in seinem Malik-Verlag 1922 zwei Frühwerke Grafs gebracht.[2]

Die vier Titel binnen eines Jahres zeigen auch, dass Graf schon vor dem Erfolg des *Gefangenen*-Romans einen gewissen Namen gehabt haben muss und die Verlage auf Abnehmer rechnen konnten – im Falle von *Wunderbare Menschen* dann auch mit dem Fortsetzungsdruck in der Münchner KPD-Zeitung.

Das Buch erschien im Stuttgarter Engelhorn-Verlag im Rahmen einer von Frank Thiess herausgegebenen Serie *Lebendige Welt. Erzählungen und Bekenntnisse*, in der auch Werke von Joseph Conrad, Robert Neumann und Alexander Stenbock-Fermor, auch einem ent-

---

[1] Ulrich Faure, Im Knotenpunkt des Weltverkehrs. Herzfelde, Heartfield, Grosz und der Malik-Verlag 1916–1947, Berlin und Weimar 1992, S. 184.
[2] 1945 gründete Herzfelde mit Graf und anderen Exilautoren den Aurora Verlag in New York, wo zwei Graf-Bücher (*Der Quasterl* und *Unruhe um einen Friedfertigen*) erschienen.

schieden ›linken‹ Autor, angeboten wurden; der Herausgeber und damalige Engelhorn-Hausautor Thiess war ein produktiver Erzähler und Essayist, er galt während der Zwanzigerjahre als einer der literarischen Meinungsführer und stand kritisch zu den politisch extremen Bewegungen der Zeit. Später gehörte er zur »inneren Emigration«, sodass sein Name im politischen Kontext Graf'scher Werke unerwartet erscheint; es darf davon ausgegangen werden, dass ihn damals *Wunderbare Menschen*, wie auch die Werke Stenbock-Fermors, besonders überzeugt haben müssen. Nach eigener Auskunft von Frank Thieß (im Band Carl Haensel, *Der Kampf ums Matterhorn*) sollte die Reihe »Dichtungen« bieten, »darin nicht die Literatur, sondern das Leben selbst triumphiert [...]. Der Dichter ist nur das Prisma, welches den Strahl des Lebens vielfarbig spaltet und so deutend dem Leser vor die Sinne spiegelt.« Damit formuliert Thieß das zeitgenössische Interesse an der ›neusachlichen‹ Literatur, am reportageartigen Schreiben, welches auf einer breiten, von Franz Jung bis Ernst Jünger reichenden Front das Pathos der späten Expressionisten verdrängte.

Allerdings bricht der Klappentext auf dem Schutzumschlag der Erstausgabe die politische Spitze von Grafs Bericht: Dem Leser werden »Glaube und Hoffnung« versprochen, »weil ein Mensch das Menschliche aus jeder Begebenheit klar und deutlich herausholt« – die *Neue Zeitung* sollte ein Jahr später das Buch ihren Lesern ganz anders anpreisen (vgl. oben S. 121).

Nach Meinung des Oskar-Maria-Graf-Biografen Gerhard Bauer ist *Wunderbare Menschen* das »unbeschwerteste Buch« von Graf[3], und doch erscheint es hier erst in seiner dritten Auflage! Eine zweite hatte 1976 der Aufbau-Verlag Berlin und Weimar als »Ausgabe für die sozialistischen Länder« veranstaltet; BRD-Leser brachten sich das Buch »von drüben« mit, wie auch manch anderen Titel Grafs.

Als eine Art chronologischer Fortsetzung des *Gefangenen*-Romans, als die das Buch allgemein von der Kritik gelesen wurde, gehört es in die Reihe der wichtigen Zeitzeugnisse, gibt es doch ein Stimmungsbild der nachrevolutionären Phase in München und spiegelt die Theatergeschichte der Stadt. Aus eben dieser Bindung an die Zeit – seinem eingreifenden Schreiben – ergab sich bei dem erwähnten Fortset-

---

[3] Gerhard Bauer, Oskar Maria Graf. Ein rücksichtslos gelebtes Leben, München 1994, S. 138.

zungsdruck für Graf die Gelegenheit zu der oben abgedruckten »notwendigen Erklärung«, die das Buch zum kulturpolitischen Zeugnis der Stadt werden lassen. Bevor München zur braunen »Hauptstadt der Bewegung« wurde, bot sie einmal das bunte – Boheme und Proletarier umspannende – Aktionsfeld für den lebenslustigen, lebensdurstigen »Genossen Bewegung« (vgl. S. 111).

Dem Theater in der engen und kurzen Senefelder Straße war – ebenfalls von Eugen Felber[4] gegründet, aber weniger erfolgreich – im Sommer 1919 eine »Freie Bühne« mit ähnlicher Zielsetzung vorausgegangen, die ab Oktober 1919 bis Mai 1919 ein von Hermine Körner geleitetes »Lustspielhaus« fortsetzte. Im Vergleich zu diesen noch kürzerlebigen Unternehmen nahm die Presse die von den Arbeitern getragene »Neue Bühne« positiver wahr[5]. Ein Handbuch resümiert ihre Geschichte in wenigen Zeilen:

>»25.5.1920 Eröffnung der Neuen Bühne (Senefelder Straße), eines Theaters, das auf rein sozialistischer Grundlage ins Leben gerufen wird. Leitung Eugen Felber. Dramaturg Oskar Maria Graf. Eröffnungsstück: Uraufführung des Dramas *Freiheit* von Herbert Kranz. Der Spielplan bringt fast ausschließlich wertvolle Dramen wie *Kabale und Liebe*, *Gespenster*, *Armut*, *Der Biberpelz*, *Der Scheiterhaufen*, *Erde*, *Die Thurnbacherin*, *Der G'wissenswurm*, *Nachtasyl* und so weiter Die Bühne kann sich aber nicht länger als Jahr behaupten.«[6]

Einiges mehr erfährt man über die Neue Bühne mit wörtlichen Anklängen, wenn auch auf einen – im Vergleich zu *Wunderbare Menschen* – melancholischen Ton gestimmt, in den Kapiteln 8 bis 11

---

[4] Vgl. die Neuausgabe von *Gelächter von außen* in der edition monacensia / Allitera Verlag München 2009, S. 105.

[5] Das gilt vor allem für *Der Kampf. Südbairische Tageszeitung der USP München* (der Titel dieser Zeitung vermeidet wie die Revolutionäre 1918 das monarchische »Y« im Landesnamen!). – Leo Scherpenbach, der den Kontakt zur Neuen Bühne vermittelt hatte, besprach darin Oskar Maria Grafs *Amen und Anfang*; später gilt die besondere Aufmerksamkeit dieser anspruchsvollen, aber kurzlebigen Zeitung bei den Theaterberichten und auch den Vorschauen auf die neue Stücke der Neuen Bühne.

[6] Hans Wagner, 200 Jahre Münchner Theaterchronik 1750–1950, München 1958, S. 123.

seiner letzten Autobiografie *Gelächter von außen. Aus meinem Leben 1918 – 1933*«[7]. Da erzählt Graf Bert Brechts[8] Bewerbung um eine Aufführung von *Trommeln in der Nacht*, die er als Dramaturg aufgrund feuerpolizeilicher Vorschriften ablehnen musste. Dass er sich in dieser Zeit einmal »sehr glücklich«(S. 97) fühlte, noch dazu als Konsequenz eines ›metaphysischen‹ Gesprächs, dass »eine gute Not« (S. 118) Solidaritätsgefühl erzeugte, erscheint im späten, stärker mit politischen Ereignissen durchsetzten Rückblick ausgeschlossen.

Anregungen für die Lektüre

In einem Berliner Antiquariatskatalog wurde vor einigen Jahren *Wunderbare Menschen* als »wunderbares Buch« angepriesen; begeistert empfahl es der Händler für den Stopp vor roten Ampeln und den Stau. Einer solchen, für Kurzgeschichten typischen Lektüre, kommt das episodenhafte Mündlich-Erzählerische vieler Graf-Texte entgegen, auch wenn seine eingestreuten Reflexionen dieser Gattung nicht entsprechen.

Die sieben Kapitel über die Arbeiterbühne erscheinen zwar chronologisch gereiht, sie widmen sich jedoch je neuen Erfahrungen und Eindrücken. Es geht darin um Ängste vor dem Publikum und um Hunger, Graf entfaltet seine typisierende Sicht auf die Schauspieler und Autoren, seine Gedanken zum zeitgenössisch viel diskutierten Verhältnis von Arbeitern und Intellektuellen und zu manch anderem; in Szenen, anhand von Gesprächen, oft genug im Dialekt, und in knappen Reflexionen wird das ganz auf Arbeitersolidarität beruhende Projekt vor dem Hintergrund der gescheiterten Revolution vorgestellt. Für Graf war es ein willkommenes Experimentierfeld, das Theater erschien ihm als Vorläufer viel umfangreicherer sozialistischer Unternehmen (vgl. S. 86) und bot sich zugleich an, sein Verständnis einer eingreifenden Literatur zu festigen. Die ein Jahr nach Erscheinen des Buches veröffentlichte »Erklärung« (s. o. S. 121-130) zeigt, wie selbstbewusst-sicher er sich gegenüber der Entwicklung konservativer Tendenzen ›neo-klassischer Kunst‹ im Münchner Kulturbe-

---

[7] Vgl. Fußnote 11: S. 102–152 und das Nachwort S. 409–413.
[8] Brecht besuchte Aufführungen der Neuen Bühne, erwähnt allerdings nicht den Fehlschlag; vgl. Bertolt Brecht: Gesammelte Werke, Bd. 15, Frankfurt a. Main 1967, S. 57f.

trieb fühlte: Im April 1927 war auch Thomas Manns Rezension zum *Gefangenen*-Roman erschienen, die seiner »proletarischen Welt« und dem »wunderlich ursprünglichen Menschentum«, die Modernität bestätigt, der »das Künstlerische und Dichterische als gepflegter Selbstzweck lächerlich und vorsintflutlich erscheinen muß«: Sie ist zu sehr »infiziert von internationaler Literatur und internationalem Sozialismus«[9]. Dies Urteil kann guten Gewissens auch bis zu *Wunderbare Menschen* verlängert werden, zumal Graf hier ganz unmittelbar von seinem aus einer Szene erwachsenden Glücksgefühl spricht (vgl. 97), von »unmanirierter Fröhlichkeit« (S. 110). Wie einer Reihe weiterer, zum Teil als Verlagswerbung verwendeter Rezeptionszeugnisse belegen, ist »proletarisch« kein Wert, sonder ein neutraler beschreibender Begriff für »neue Kunst- und Kulturbestrebungen« (vgl. die Ankündigung im Band von Carl Haensel, *Der Kampf ums Matterhorn*).

Parallel zur Geschichte des Theaters läuft – von einem Winter bis zum nächsten – wie eine Art zweiter, individueller Abgesang, quasi als Nebenstimme die Geschichte des so hartnäckigen, aber erfolglosen Dichters Paul Guttzeit (sein Name wurde in der Realität mit Doppel-t geschrieben): Er gehörte mit Karl Wilhelm Diefenbach und Gusto Gräser zu den drei prominentesten der um 1900 und danach auftretenden Aposteln naturnaher Lebensweise und propagierte in der von ihm herausgegebenen Zeitschrift *Der neue Mensch* lebensreformerische Ideen. Solchen Ideen war Graf 1913 schon im Tessin, auf dem Monte Verità, begegnet und verspottete sie im *Gefangenen*-Roman, hier jedoch widmet er dem Apostel die Frage »Der Gutzeit ist vielleicht doch ein Dichter«(S. 61), und verteidigt den »Narren« gegen den borniertem Buchhalter. Grund für diese Nachsicht war wohl auch sein Rückblick auf eigene Verstiegenheiten, von denen er sich bis in kleine Episoden hinein nur sein väterliches Vorbild, das gleich einleitend erzählte, ›ererbte‹ Rebellentum, bewahrte. Dieses Leitmotiv, die Guttzeit-Nebenstimme, und die Tatsache, dass Graf den bewidmeten »Kampfgenossen«[10] das letzte Wort gibt und damit einen Rahmen um das Buch legt, deutet auf eine bewusste Gestaltung – nicht nur ›das Leben erzählt‹ wie bei Graf naiver Weise immer wieder angenommen, dieser Autor *gestaltet* seine Erzählungen.

[9] Thomas Mann, Gesammelte Werke, Bd. 10, Frankfurt am Main 1960, S. 683–685.
[10] Ein Bild von Lorenz Ehrhart mit dem Autor findet sich in Bauers Oskar Maria Graf-Monografie (vgl. Fußnote 10) im Bildteil nach S. 232.

Editorische Notiz

Wunderbare Menschen. Heitere Chronik einer Arbeiterbühne nebst meinen drolligen und traurigen Erlebnissen dortselbst erschien 1927 im Verlag J. Engelhorns Nachf. Stuttgart im Oktav-Format und in blaues Ganzleinen gebunden, mit dem Foto des Verfassers (demselben wie auf unserer Ausgabe) und dem Reihentitel *Lebendige Welt. Erzählungen und Bekenntnisse herausgegeben von Frank Thieß* auf dem Schutzumschlag. Engelhorns Verlag brachte 1928 auch die zweite, die öffentliche Auflage von Grafs Roman *Die Heimsuchung* (1925 bei der katholischen Buchgemeinde Bonn für Mitglieder erschienen).

Die Schlussseite der Erstausgabe von *Wunderbare Menschen* führt zwölf vorangegangene, darunter auch vergriffene Graf-Titel aus sieben Verlagen auf und kündigt seine *Heimsuchung* als »Bauernroman« an.

Die ursprüngliche Fraktur des Buches geben wir in Antiqua wieder, sonst folgt unsere Ausgabe der Erstausgabe; wenige Druckfehler wurden korrigiert, Sperrungen, die fürs mündliche Erzählen wichtig sind, wurden kursiviert.

Ulrich Dittmann